Harry Potter
1

Harry Potter and the Philosopher's Stone

ハリー・ポッターと賢者の石

1-1

J.K.ローリング

松岡佑子＝訳

WIZARDING WORLD

静山社

for Jessica, who loves stories,
for Anne, who loved them too,
and for Di, who heard this one first.

物語が好きな娘、ジェシカに
同じく物語が好きだった母、アンに
この本を最初に知った妹、ダイに

WIZARDING
WORLD

Original Title: HARRY POTTER AND THE PHIlOSOPHER'S STONE

First published in Great Britain in 1997
by Bloomsbury Publishing Plc, 50 Bedford Square, London WC1B 3DP

Japanese edition first published in 1999

This book is published in Japan by arrangement with
the author through The Blair Partnership

ハリー・ポッターと賢者の石 1-2

第1章　生き残った男の子

プリベット通り四番地の住人ダーズリー夫婦は、「おかげさまで、私どもはどこから見てもまともな人間です」というのを自慢にしていた。不思議とか神秘とか、そんな非常識《じょうしき》的なことはまるっきり認めない人種で、摩訶《まか》不思議な出来事が自分たちの周辺で起こるなんて、とうてい考えられなかった。

ダーズリー氏は、工業用ドリルを製造しているグラニングズ社の社長だ。ずんぐりと肉づきがよい体型のせいで、首がほとんどない。そのかわり巨大な口ひげが目立っていた。奥さんのほうはやせて、金髪で、なんと首の長さが普通の人の二倍はある。垣根越しに近所の様子を詮索《せんさく》するのが趣味だったので、鶴のような首は実に便利だった。ダーズリー夫婦にはダドリーという息子がいた。どこを探したってこんなにできのいい子はいやしない、というのが二人の親ばかの意見だった。

そんな絵に描いたように満ち足りたダーズリー家にも、たった一つ秘密があった。夫婦がなにより恐れたのは、だれかにその秘密を嗅《か》ぎつけられることだった。

——あのポッター一家のことが知られてしまったら、一巻の終わりだ。

ポッター夫人はダーズリー夫人の実の妹だが、二人はここ何年も一度も会ってはいない。それどころかダーズリー夫人は、自分には妹などいないというふりをしている。なにしろ妹もそのろくでなしの夫も、ダーズリー家の家風とはまるっきり正反対の生き方をしていたからだ。

——ポッター一家が不意にこのあたりに現れたら近所の人たちはなんと言うか、それを考えただけでも身の毛がよだつ。

ポッター家にも小さな男の子がいることをダーズリー夫婦は知ってはいたが、ただの一度も会ったことがない。

——そんな子と、うちのダドリーがかかわり合いになるなんて……。

それもポッターたちを遠ざけている理由の一つだった。

さて、ある火曜日の朝のことだ。ダーズリーの一家三人が目を覚ますと、外はどんよりとした灰色の空だった。物語はここから始まる。摩訶《まか》不思議なことがまもなくイギリス中で起ころうとしているなんて、そんな気配は曇り空のどこにもなかった。ダーズリー氏は鼻歌まじりで、仕事用の思いっきりありふれた柄のネクタイを選んだ。奥さんはといえば、大声で泣きわめいているダドリー坊やをやっとのことでベビーチェアに座らせ、嬉々《きき》としてご近所の噂話《うわさばなし》を始めた。

窓の外を、大きなふくろうがバサバサと飛び去っていったのを、二人とも気がつかなかった。八時半、ダーズリー氏は鞄を持ち、奥さんの頬にちょこっとキスして、それからダドリー坊やにもバイバイのキスをしようとして、しそこなった。息子は癇癪《かんしゃく》を起こして、コーンフレークを皿ごと壁に投げつけている最中だったからだ。「わんぱく坊主め」ダーズリー氏は満足げに笑いながら家を出て自家用車に乗り込み、四番地の路地をバックで出ていった。広い通りに出る前の角のところでダーズリー氏は、はじめてなにかおかしいぞと思った。

――なんと猫が地図を見ている――ダーズリー氏は一瞬、目を疑った。もう一度よく見ようと急いで振り返ると、たしかにプリベット通りの角にトラ猫が一匹立ち止まっていた。しかし、地図のほうは見えなかった。ばかな、いったいなにを考えているんだ。きっと光のいたずらだったにちがいない。ダーズリー氏は瞬《まばた》きをして、もう一度猫をよく見なおした。猫は見つめ返した。角を曲がって広い通りに出ると、バックミラーに猫が映った。なんと、今度は「プリベット通り」と書かれた標識を読んでいる。――いや、「見て」いるだけだ。猫が地図やら標識やらを読めるはずがない。ダーズリー氏は体をブルッと振《ふる》って気を取りなおし、猫のことを頭の中から振りはらった。街に向かって車を走らせているうちに、彼の頭はその日に取りたいと思っているドリルの大口注文のことでいっぱいになった。

ところが、街はずれまできたとき、ドリルなど頭から吹き飛ぶようなことが起こったのだ。いつもの朝の渋滞に巻き込まれ、しかたなく車の中でじっと待っていると、奇妙な服を着た人たちがうろうろしているのが、いやでも目についた。マントを着ている。

――おかしな服を着た連中にはがまんがならん――近ごろの若いやつらの格好ときたら！　マントも最近のばかげた流行なんだろう。

いらいらとハンドルを指でたたいていると、ふと、すぐそばに立っているおかしな一団が目に止まった。なにやら興奮してささやき合っている。けしからんことに、とうてい若いとは言えない者まで数人交じっている。

――あいつなんかわしより年をとっているのに、エメラルド色のマントを着ている。どういう神経だ！

待てよ――ダーズリー氏は、はたと思いついた。くだらん芝居をしているにちがいない――きっと、連中は寄付集めをしているんだ……そうだ、それだ！

やっと車が流れはじめた。数分後、車がグラニングズ社の駐車場に着いたときには、ダーズリー氏の頭はふたたびドリルにもどっていた。

ダーズリー氏のオフィスは十階で、いつも窓に背を向けて座っていた。そうでなかったら、今朝は商売のドリルに集中できなかったかもしれない。真っ昼間から空を飛び交うふくろうを、ダーズリー氏は見ないですんだからだ。しかし、道行く多くの人はそれを目撃した。ふくろうが次から次へと飛んでゆくのを指さしては、いったいあれはなんだと口をあんぐり開けて見つめていた。ふくろうなんて、たいがいの人は夜にだって見たことがない。ダーズリー氏は昼まで、しごくふつうに、ふくろうとは無縁で過ごした。五人の社員をどなりつけ、何本か重要な電話をかけ、また少しガミガミどなった。おかげで昼までは上機嫌だった。それから、少し手足を伸ばそうかと、道路の向かい側にあるパン屋まで歩いて買い物に行くことにした。

マントを着た連中のことはすっかり忘れていたのに、パン屋の手前でまたマントの集団に出会ってしまった。そばを通り過ぎる際、ダーズリー氏はけしからんとばかりに睨《にら》みつけたものの、なぜかこの連中はダーズリー氏を不安な気持ちにさせた。このマント集団も、なにやら興奮してささやき合っていた。それに寄付集めの空き缶が一つも見当たらない。パン屋からの帰り道、大きなドーナツを入れた紙袋をにぎり、また連中のそばを通り過ぎようとしたそのとき、こんな言葉が耳に飛び込んできた。

「ポッターさんたちが、そう、わたしゃそう聞きました……」

「……そうそう、息子のハリーがね……」

ダーズリー氏はハッと立ち止まった。恐怖がわき上がってくる。いったんはヒソヒソ声のほうを振り返ってなにか言おうと思ったが、待てよ、と考えなおした。

ダーズリー氏は猛スピードで道を横切り、オフィスに駆けもどるや秘書に「だれも取り継ぐな」と命令し、ドアをピシャッと閉めて電話をひっつかみ、自宅の番号を回しはじめた。しかし、回し終わらないうちに気が変わった。受話器を置き、口ひげをなでながら、ダーズリー氏は考えた。

——まさか、自分はなんて愚かなんだ。ポッターなんてめずらしい名前じゃない。ハリーという名の男の子のいるポッター家なんて、山ほどあるにちがいない。考えてみれば、甥《おい》の名前がハリーだったかどうかさえ確かではない。一度も会ったことはないし、ハービーという名だったかもしれない。いやハロルドかも。こんなことで妻に心配をかけてもしかたがない。妹の話がちらっとでも出ると、あれはいつも取り乱す。むりもない。もし自分の妹があんなふうだったら……それにしても、いったいあのマントを着た連中は……。

昼からは、どうやってもドリルに集中できなかった。五時に会社を出たときも、なにかが気になり、外に出たとたんだれかと正面衝突してしまった。

「すみません」

ダーズリー氏はうめくような声を出した。相手は小さな老人で、よろけて転びそうになっていた。数秒後、ダーズリー氏は老人がスミレ色のマントを着ているのに気づいた。地面にバッタリ這《は》いつくばりそうになったのに、まったく気にしていない様子だ。それどころか、顔が上下に割れるかと思ったほど大きくにっこりして、道行く人が振り返るほどのキーキー声でこう言った。

「旦那《だんな》、すみませんなんてとんでもない。今日はなにがあったって気にしやしませんよ。万歳！『例のあの人』がとうといなくなったんですよ！　あなたのようなマグルも、こんな幸せなめでたい日はお祝いすべきです」

小さな老人は、ダーズリー氏のへそのあたりをいきなりぎゅっと抱きしめると、立ち去っていった。ダーズリー氏はその場に根が生えたように立ち尽くした。まったく見ず知らずの人に抱きつかれた。マグルとかなんとか呼ばれたような気もする。くらくらしてきた。急いで車に乗り込み、ダーズリー氏は家に向かって走り出した。どうか自分の幻想でありますように……幻想などけっして認めないダーズリー氏にしてみれば、こんな願いを持つのは生まれてはじめてだった。

やっとの思いで四番地にもどると、真っ先に目に入ったのは——ああ、なんたること——今朝見かけたあのトラ猫だった。今度は庭の石垣の上に座り込んでいる。まちがいなくあの猫だ。目のまわりの模様がおんなじだ。

「シッシッ！」

ダーズリー氏は大声を出した。

猫は動かない。じろりとダーズリー氏を見ただけだ。まともな猫がこんな態度を取るだろうか、と彼は首をかしげた。それから気をシャンと取りなおして家に入っていった。妻にはなにも言うまいという決心は変わっていなかった。奥さんは、すばらしくふつうの一日を過ごしていた。夕食を食べながら、隣のミセスなんとかが娘のことでさんざん困っているとか、ダドリー坊やが「イヤッ！」という新しい言葉を覚えたとかを夫に話して聞かせる。ダーズリー氏はなるべくふだんどおりに振る舞おうとした。ダドリー坊やが寝たあと、居間に移ったところでちょうどテレビの最後のニュースが始まった。

「さて最後のニュースです。全国のバードウォッチャーによれば、今日はイギリス中のふくろうがおかしな行動を見せたとのことです。通常、ふくろうは夜に狩《かり》をするので、昼間に姿を見かけることはめったにありませんが、今日は夜明けとともに、何百というふくろうが四方八方に飛び交う光景が見られました。なぜふくろうの行動が急に夜昼逆になったのか、専門家たちは首をかしげています」

そこでアナウンサーはニヤリと苦笑いした。

「ミステリーですね。ではお天気です。ジム・マックガフィンさんどうぞ。ジム、今夜もふくろうが降《ふ》ってきますか？」

「テッド、そのあたりはわかりませんが、今日おかしな行動をとったのはふくろうばかりではありませんよ。視聴者の皆さんが、遠くはケント、ヨークシャー、ダンディー州からお電話をくださいました。きのう私は雨の予報を出したのに、かわりに流れ星が土砂降りだったそうです。たぶん早々と『ガイ・フォークスの焚《た》き火祭《びまつ》り』でもやったんじゃないでしょうか。皆さん、祭りの花火は来週ですよ！　いずれにせよ、今夜はまちがいなく雨でしょう」

安楽椅子《あんらくいす》の中で、ダーズリー氏は体が凍りついたような気がした。イギリス中で流れ星だって？　真っ昼間からふくろうが飛んだ？　マントを着た奇妙な連中がそこいら中にいた？　それに、あのヒソヒソ話。ポッター一家がどうしたとか……。

奥さんが紅茶を二つ持って居間に入ってきた。まずい。妻になにか言わなければなるまい。ダーズリー氏は落ち着かない咳《せき》ばらいをした。

「あー、ペチュニアや。ところで最近、おまえの妹さんから便りはなかったろうね」

案の定、奥さんはビクッとして怒った顔をした。二人ともふだん、奥さんに妹はいないということにしているのだから、当然だ。

「ありませんよ。どうして？」

とげとげしい返事だ。

「おかしなニュースを見たんでね」

ダーズリー氏はもごもごと言った。

「ふくろうとか……流れ星だとか……それに今日、街に変な格好をした連中がたくさんいたんでな」

「それで？」

「いや、ちょっと思っただけだがね……もしかしたら……なにかかかわりがあるのかと……その、なんだ……あれの仲間と」

　奥さんは口をすぼめて紅茶をすすった。ダーズリー氏は「ポッター」という名前を耳にしたと思いきって打ち明けるべきかどうか迷ったが、やはりやめることにした。そのかわり、できるだけさりげなく聞いた。

「あそこの息子だが……たしかうちのダドリーと同じくらいの年じゃなかったかね？」

「そうかも」

「なんという名前だったか……。たしかハワードだったかな」

「ハリーよ。私に言わせりゃ、下品でありふれた名前ですよ」

「ああ、そうだった。おまえの言うとおりだよ」

　ダーズリー氏はすっかり落ち込んでしまった。二人で二階の寝室に上がっていくときも、彼はもうまったくこの話題には触れなかった。

　奥さんがトイレに行ったすきに、こっそり寝室の窓に近寄り、家の前をのぞいてみた。猫はまだそこにいた。なにかを待っているように、プリベット通りの奥をじっと見つめている。

　――これも自分の幻想なのか？　これまでのことはなにもかも、ポッター一家とかかわりがあるのだろうか？　もしそうなら……もし自分たちがあんな夫婦と関係があるなんてことが明るみに出たら……ああ、そんなことには耐えられない。

ベッドに入ると、奥さんはすぐに寝入ってしまったが、ダーズリー氏はあれこれ考えて寝つけなかった。

――しかし、万々が一ポッターたちがかかわっていたにせよ、あの連中が自分たちの近くにやってくるはずがない。あの二人やあの連中のことをわしらがどう思っているか、ポッター夫妻は知っているはずだ……なにが起こっているかは知らんが、わしやペチュニアがかかわり合いになることなどありえない――そう思うと少しホッとして、ダーズリー氏はあくびをして寝返りを打った――わしらにかぎって、絶対にかかわり合うことはない……。

――なんという見込みちがい――。

ダーズリー氏がとろとろと浅い眠りに落ちたころ、塀の上の猫は眠る気配さえ見せず銅像のようにじっと座ったまま、瞬《まばた》きもせずプリベット通りの奥の曲り角を見つめていた。すぐ横の道路で車のドアをバタンと閉める音がしても、二羽のふくろうが頭上を飛び交っても、毛一本動かさない。それが真夜中近くになってはじめて、猫は動いた。

猫が見つめていたあたりの曲り角に、一人の男が現れた。あまりにも突然に、あまりにもスーッと現れたので、地面からわいて出たかと思えるほどだった。猫はしっぽをピクッとさせて、目を細めた。

こんな人、プリベット通りでは絶対見かけるはずがない。ひょろりと背の高い、髪や顎《あご》ひげの白さから見て相当の年寄りだ。髪もひげもあまりに長いので、ベルトに挟み込んでいる。ゆったりと長いローブの上に、地面を引きずるほどの長い紫のマントをはおり、踵《かかと》の高い、留《と》め金飾《がねかざ》りのついたブーツをはいている。淡いブルーの眼《め》が、半月形のメガネの奥でキラキラ輝き、高い鼻が途中で少なくとも二回は折れたように曲がっている。この人の名は、アルバス・ダンブルドア。

名前も、ブーツも、なにからなにまでプリベット通りらしくない。しかし、ダンブルドア自身はまったく気にしていないようだった。マントの中をせわしげにガサゴソ探っていたが、だれかの視線に気づいたらしく、ふと顔を上げ、通りの向こうからこちらの様子をじっとうかがっている猫を見つけた。そこに猫がいるのが、なぜかおもしろいらしく、クスクスと笑うと「やっぱりそうか」とつぶやいた。

探していたものがマントの内ポケットから出てきた。銀のライターのようだ。ふたをパチンと開け、高くかざして、カチッと鳴らした。

一番近くの街灯が、ポッと小さな音を立てて消えた。

もう一度カチッと言わせた。

次の街灯がゆらめいて闇の中に消えていった。「灯消《ひけ》しライター」を十二回カチカチ鳴らすと、十二個の街灯は次々と消え、残る灯りは通りの向こうの、針の先で突ついたような二つの点だけになった。猫の目だ。まだこちらを見つめている。いまだれかが窓の外をのぞいても、ビーズのように光る目のダーズリー夫人でさえ、なにが起こっているのかこの暗闇ではまったく見えなかっただろう。ダンブルドアは「灯消しライター」をマントの中にするりとしまい、四番地へと歩いた。そして塀の上の猫の隣に腰掛けた。ひと息おくと、顔は向けずに、猫に向かって話しかけた。

「マクゴナガル先生、こんなところで奇遇《きぐう》じゃのう」

トラ猫に顔を向け、ほほえみかけると、猫はすでに消えていた。かわりに厳格そうな女の人が、あの猫の目のまわりにあった縞模様《しまもよう》とそっくりの四角いメガネをかけて座っていた。やはりマントを、しかもエメラルド色のを着ている。黒い髪をひっつめて、小さなシニョンを作っている。

「どうして私《わたくし》だとおわかりになりましたの？」

女の人は、見破られたことに動揺していた。

「まあまあ、先生。あんなにコチコチな座り方をする猫なぞ、おりはしませんぞ」

「一日中レンガ塀の上に座っていればコチコチにもなります」

「一日中？　お祝いに参加されておればよかったのに。ここにくる途中、お祭りやらパーティやら、ずいぶんたくさん見ましたぞ」

マクゴナガル先生は怒ったようにフンと鼻を鳴らした。

「ええ、たしかにみな浮かれていますね」

マクゴナガル先生は、いらいらした口調だ。

「みな、もう少し慎重になるべきだとはお思いになりませんか？　まったく……マグルたちでさえ、なにかあったと感づきましたよ。なにしろニュースになりましたから」

マクゴナガル先生は明かりの消えたダーズリー家の窓を顎《あご》でしゃくった。

「この耳で聞きましたよ。ふくろうの大群……流星群……そうなると、マグルの連中もまったくのおばかさんじゃありませんからね。感づかないはずはありません。ケント州の流星群だなんて――ディーダラス・ディグルの仕業ですわ。あの人はいつだって軽はずみなんだから」

「みなを責めるわけにはいかんじゃろう」

ダンブルドアはやさしく言った。

「この十一年間、お祝いごとなぞ、ほとんどなかったのじゃから」

「それはわかっております」

マクゴナガル先生は腹立たしげに言った。

「だからといって、分別を失ってよいわけはありません。みな、なんて不注意なんでしょう。真っ昼間から街に出るなんて。しかもマグルの服に着替えもせずに、あんな格好のままで噂話《うわさばなし》をし合うなんて」

なにか言ってくれるのを期待しているかのように、マクゴナガル先生はちらりと横目でダンブルドアを見た。しかし、なんの反応もないので話を続けた。

「よりによって『例のあの人』がついに消え失せたちょうどその日に、今度はマグルが私たちに気づいてしまったなどということになったら、とんでもないことですわ。ダンブルドア先生、『あの人』は本当に消えてしまったのでしょうね？」

「たしかにそうらしいのう。我々は大いに感謝しなければ。レモン・キャンディーはいかがかな？」

「なんですって？」

「レモン・キャンディーじゃよ。マグルの食べる甘いものじゃが、わしは、これが好きでな」

「結構です」

レモン・キャンディーなど食べている場合ではないとばかりに、マクゴナガル先生は冷ややかに答えた。

「いま申し上げましたように、たとえ『例のあの人』が消えたにせよ……」

「まあまあ、先生、あなたのような見識のおありになる方が、あやつを名指しで呼べないわけはないでしょう？　『例のあの人』なんて、まったくもってナンセンス。この十一年間、きちんと名前で呼ぶようみなを説得し続けてきたのじゃが。『ヴォルデモート』とね」

マクゴナガル先生はぎくりとしたが、ダンブルドアはくっついたレモン・キャンディーをはがすのに夢中で気づかないようだった。

「『例のあの人』などと呼び続けたら、混乱するばかりじゃよ。ヴォルデモートの名前を口に出すのが恐ろしいなんて、理由がないじゃろうが」

「それは、先生にとってはおありにならないかもしれませんが」

マクゴナガル先生は驚きと尊敬の入り交じった言い方をした。

「だって、先生は私《わたくし》たちとはちがいます。『例のあ』……いいでしょう、ヴォルデモートが恐れていたのはあなた一人だけだったということは、みな知ってますよ」

「おだてないでおくれ」

ダンブルドアは静かに言った。

「ヴォルデモートには、わしにはけっして持つことのできない力があった」

「それは、あなたがあまりに――そう……気高くて、そういう力を使おうとなさらなかったからですわ」

「あたりが暗くて幸いじゃよ。こんなに赤くなったのはマダム・ポンフリーがわしの新しい耳あてを誉めてくれたとき以来じゃ」

マクゴナガル先生は鋭いまなざしでダンブルドアを見た。

「ふくろうが飛ぶのは、噂《うわさ》が飛ぶのに比べたらなんでもありませんよ。みんながどんな噂をしているか、ご存知ですか？　なぜ彼が消えたのだろうとか、なにが彼にとどめを刺したのだろうかとか」

マクゴナガル先生はいよいよ核心に触れたようだ。一日中冷たい、硬い塀の上で待っていた本当のわけはこれだ。猫に変身していたときにも、自分の姿にもどったときにも見せることのなかった、射るようなまなざしでダンブルドアを見すえている。他の人がなんと言おうが、ダンブルドアの口から聞かないかぎりは絶対信じないという目つきだ。ダンブルドアはなにも答えず、レモン・キャンディーをもう一つ取り出そうとしていた。

「みながなんと噂しているかですが……」

マクゴナガル先生はもうひと押ししてきた。

「昨夜、ヴォルデモートがゴドリックの谷に現れた。ポッター一家が狙いだった。

噂ではリリーとジェームズが……ポッター夫妻が……あの二人が……死んだ……と

か」

ダンブルドアはうなだれた。マクゴナガル先生は息を呑《の》んだ。

「リリーとジェームズが……信じられない……信じたくなかった……ああ、アルバ

ス……」

ダンブルドアは手を伸ばしてマクゴナガル先生の肩をそっとたたいた。

「わかる……よぉくわかる……」

沈痛な声だった。

マクゴナガル先生は声を震わせながら話し続けた。

「それだけじゃありませんわ。噂では、一人息子のハリーを殺そうとしたとか。で

も——失敗した。その小さな子供を殺すことはできなかった。なぜなのか、どうなったのかはわからないが、ハリー・ポッターを殺しそこねたその瞬間、ヴォルデモートの力が打ち砕かれた——だから彼は消えたのだと、そういう噂です」

ダンブルドアはむっつりとうなずいた。

「それじゃ……やはり本当なのですか？」

マクゴナガル先生は口ごもった。

「あれほどのことをやっておきながら……あんなにたくさん人を殺したのに……小さな子供を殺しそこねたって言うんですか？　驚異ですわ……よりによって、彼にとどめを刺したのは子供……それにしても、ハリーはいったいどうやって生き延びたのでしょう？」

「想像するしかないじゃろう。本当のことはわからずじまいかもしれん」

マクゴナガル先生はレースのハンカチを取り出し、メガネの下から眼《め》に押し当てた。ダンブルドアは大きく鼻をすすると、ポケットから金時計を取り出して時間を確かめた。とてもおかしな時計だ。針は十二本もあるのに、数字は書かれていない。そのかわり小さな惑星がいくつも時計の縁《へり》を回っていた。ダンブルドアにはこれでわかるらしい。時計をポケットにしまうと、こう言った。

「ハグリッドは遅いのう。ところで、あの男じゃろう？　わしがここにくると教えたのは」

「そうです。そもそもなぜこんなところにおいでになったのか、たぶん話してはくださらないのでしょうね？」

「ハリー・ポッターを、おば夫婦のところへ連れてくるためじゃよ。親戚はそれしかいないのでな」

「まさか――まちがっても、ここに住んでいる連中のことではないでしょうね」

マクゴナガル先生ははじかれたように立ち上がり、四番地を指さしながらさけんだ。

「ダンブルドア、だめですよ。今日一日ここの住人を見ていましたが、この夫婦ほど私《わたくし》たちとかけ離れた連中はまたといませんよ。それにここの息子ときたら――母親とこの通りを歩いているとき、お菓子が欲しいと泣きわめきながら母親を蹴《け》り続けていましたよ。ハリー・ポッターがここに住むなんて！」

「ここがあの子にとって一番よいのじゃ」

ダンブルドアはきっぱりと言った。

「あの子が大きくなったら、おじおばがすべてを話してくれるじゃろう。わしが手紙を書いておいたでのう」

「手紙ですって？」

マクゴナガル先生は力なくそう繰り返すと、また塀に座りなおした。

「ねえ、ダンブルドア。手紙でいっさいを説明できるとお考えですか？　連中は絶対あの子のことを理解しやしません！　あの子は有名人です――伝説の人です――今日のこの日が、いつかハリー・ポッター記念日になるかもしれない――ハリーに関する本が書かれるでしょう――私たちの世界でハリーの名を知らない子供は一人もいなくなるでしょう！」

「そのとおり」

ダンブルドアは半月メガネの上からまじめなまなざしをのぞかせた。

「そうなればどんな少年でも舞い上がってしまうじゃろう。歩いたりしゃべったりする前から有名だなんて！　自分が覚えてもいないことのために有名だなんて！　あの子に受け入れる準備ができるまで、そうしたことからいっさい離れて育つほうがずっとよいということがわからぬかね？」

マクゴナガル先生は口を開きかけたが、思いなおして喉《のど》まで出かかった言葉を呑《の》み込んだ。

「そう、そうですね。おっしゃるとおりですわ。でもダンブルドア、どうやってあの子をここに連れてくるのですか？」

ダンブルドアがハリーをマントの下に隠しているとでも思ったのか、マクゴナガル先生はちらりとマントに目をやった。

「ハグリッドが連れてくる」

「こんな大事なことをハグリッドに任せて――あの……賢明なことでしょうか？」

「わしは自分の命でさえハグリッドに任せられる」

「なにもあれの心根《こころね》がまっすぐじゃない、などとは申しませんが――」

マクゴナガル先生はしぶしぶ認めた。

「でもご存知のように、うっかりしているでしょう。どうもあれときたら――おや、なにかしら？」

低いゴロゴロという音があたりの静けさを破った。二人が通りの端から端まで、車のヘッドライトが見えはしないかと探している間に、音は確実に大きくなってきた。二人が同時に空を見上げたときには、音は爆音になっていた。――大きなオートバイが空からドーンと降ってきて、二人の目の前に着陸した。

巨大なオートバイだったが、それにまたがっている男に比べればちっぽけなものだ。男の背丈は普通の二倍、横幅となると五倍はある。許しがたいほど大きすぎて、それになんと荒々しい――ぼうぼうとした黒い髪とひげが、長くもじゃもじゃとからまり、ほとんど顔中を覆っている。手はゴミバケツのふたほど大きく、革のブーツをはいた足はイルカの赤ん坊くらいある。筋骨隆々《きんこつりゅうりゅう》の巨大な腕に、毛布にくるまったものを抱えていた。

「ハグリッドや」

ダンブルドアはほっとしたような声で呼びかけた。

「やっときたの。いったいどこからオートバイを手に入れたね？」

「借りたんでさ。ダンブルドア先生さま」

大男はそうっと注意深くバイクから降りた。

「ブラック家の息子のシリウスに借りたんでさ。先生、この子を連れてきました」

「問題はなかったろうね？」

「はい、先生。家はあらかた壊されっちまってたですが、マグルたちが群れ寄ってくる前に、無事に連れ出しました。ブリストルの上空を飛んどったときに、この子は眠っちまいました」

ダンブルドアとマクゴナガル先生は毛布の包みの中をのぞき込んだ。かすかに、男の赤ん坊が見えた。ぐっすり眠っている。漆黒《しっこく》のふさふさした前髪、そして額《ひたい》には不思議な形の傷が見えた。稲妻のような形だ。

「この傷があの……」マクゴナガル先生がささやいた。

「そうじゃ。一生残るじゃろう」

「ダンブルドア、なんとかしてやれないんですか？」

「たとえできたとしても、わしはなにもせんよ。傷はけっこう役に立つものじゃ。わしにも一つ左膝《ひざ》の上にあるがね、完全なロンドンの地下鉄地図になっておる……さてとハグリッドや、その子をこっちへ――早くすませたほうがよかろう」

ダンブルドアはハリーを腕に抱き、ダーズリーの家に向かおうとした。

「あの……先生、お別れのキスをさせてもらえねえでしょうか？」

ハグリッドが頼んだ。

大きな毛むくじゃらの顔をハリーに近づけ、ハグリッドはチクチク痛そうなキスをした。そして突然、傷ついた犬のような声でワオーンと泣き出した。

「シーッ！　マグルたちが目を覚ましてしまいますよ」

マクゴナガル先生が注意した。

「す、す、すまねえです」

しゃくり上げながらハグリッドは大きな水玉模様のハンカチを取り出し、その中に顔を埋《うず》めた。

「と、とってもがまんできねえ……リリーとジェームズは死んじまうし、かわいそうなちっちゃなハリーはマグルたちと暮らさなきゃなんねえ……」

「そうです、ほんとに悲しいことよ。でもハグリッド、自分を抑えなさい。さもないとみなに見つかってしまいます」

マクゴナガル先生は小声でそう言いながら、ハグリッドの腕をやさしくポンポンとたたいた。

ダンブルドアは庭の低い生垣《いけがき》をまたいで、玄関へと歩いていった。そっとハリーを戸口に置くと、マントから手紙を取り出し、ハリーをくるんだ毛布に挟み込み、二人のところにもどってきた。三人は、まるまる一分間そこにたたずんで小さな毛布の包みを見つめていた。ハグリッドは肩を震わせ、マクゴナガル先生は目を瞬《しばたた》かせ、ダンブルドアの目からはいつものキラキラした輝きが消えていた。

「さてと……」

ダンブルドアがやっと口を開いた。

「これですんだ。もうここにいる必要はない。帰ってお祝いに参加しようかの」

「へい」

ハグリッドの声はくぐもっている。

「バイクは片づけておきますだ。マクゴナガル先生、ダンブルドア先生さま、おやすみなせえまし」

ハグリッドは流れ落ちる涙を上着の袖《そで》でぬぐい、オートバイにまたがるやエンジンをかけた。バイクはうなりを上げて空に舞い上がり、夜の闇へと消えていった。

「のちほどお会いしましょうぞ。マクゴナガル先生」

ダンブルドアはマクゴナガル先生に向かってうなずいた。マクゴナガル先生は答えるかわりに鼻をかんだ。

ダンブルドアはくるりと背を向け、通りのむこうに向かって歩き出した。曲り角で立ち止まり、また銀の「灯消《ひけ》しライター」を取り出し、一回だけカチッと言わせた。十二個の街灯がいっせいに灯《とも》り、プリベット通りは急にオレンジ色に照らし出された。トラ猫が道の向こう側の角をしなやかに曲がっていくのが見える。そして四番地の戸口には、毛布の包みだけがポツンと見えた。

「幸運を祈るよ、ハリー」

ダンブルドアはそうつぶやくと、靴の踵《かかと》でくるくるっと回転し、ヒュッというマントの音とともに消えた。

こぎれいに刈り込まれたプリベット通りの生垣《いけがき》を、静かな風が波立たせた。墨を流したような夜空の下で、通りはどこまでも静かで整然としていた。摩訶《まか》不思議な出来事がここで起こるとは、だれも思ってもみなかったことだろう。赤ん坊は眠ったまま、毛布の中で寝返りを打った。片方の小さな手が、わきに置かれた手紙をにぎった。自分が特別だなんて知らずに、有名だなんて知らずに、ハリー・ポッターは眠り続けている。数時間もすれば、ダーズリー夫人が戸を開けてミルクの空《あ》き瓶《びん》を外に出そうとしたとたん、悲鳴を上げるだろう。その声でハリーは目を覚ますだろう。それから数週間は、いとこのダドリーに小突《こづ》かれ、つねられることになるだろうに……そんなことはなにも知らずに、赤ん坊は眠り続けている……ハリーにはわかるはずもないが、こうして眠っているこの瞬間に、国中の人が、あちこちでこっそりと集まり、杯を挙げ、ヒソヒソ声でこう言っているのだ。

「生き残った男の子、ハリー・ポッターに乾杯！」

第2章　消えたガラス

ダーズリー夫婦が目を覚まし、戸口の石段に赤ん坊がいるのを見つけてから、十年近くが経った。プリベット通りは少しも変わりがない。太陽は、昔と同じこぎれいな庭の向こうから昇り、ダーズリー家の玄関に掲げられた真鍮《しんちゅう》の「4」の数字を照らしている。その光が、這《は》うように居間に射し込んでゆく。ダーズリー氏があの運命的なふくろうのニュースを聞いた夜と、居間はまったく変わっていなかった。ただ暖炉の上の写真だけが、長い時間の経過を知らせる。十年前は、ぽんぽん飾りのついた色とりどりの帽子をかぶった、ピンクのビーチボールのような顔の赤ん坊が並んでいた……しかし、ダドリー・ダーズリーはもう赤ん坊ではない。いまは金髪の大きな少年が写っている。はじめて自転車に乗った姿、祭りの回転木馬の上、父親とコンピュータ・ゲーム、母親に抱きしめられてキスされる姿。だが、部屋のどこを探しても、もう一人、少年がこの家に住んでいる気配はない。

しかし、ハリー・ポッターはそこにいた。いまはまだ眠っているが、もはや、そう長くは寝ていられないだろう。ペチュニアおばさんが目を覚ました。おばさんのかん高い第一声から、一日の騒音が始まるのだ。

「さあ、起きて！　早く！」

ハリーは驚いて目を覚ました。おばさんが部屋の戸をドンドンたたいている。

「起きるんだよ！」と金切り声がした。

おばさんがキッチンに歩いていく音に続いて、フライパンをコンロにかける音がした。仰向《あおむ》けになったままで、ハリーはいままで見ていた夢を思い出そうとしていた。いい夢だったのに……。空飛ぶオートバイが出てきたっけ。ハリーは前にも同じ夢を見たような不思議な心地がした。

「まだ起きないのかい？」おばさんが戸の外までもどってきて、きつい声を出した。

「もうすぐだよ」

「さあ、支度をおし。ベーコンの具合を見ておくれ。焦がしたら承知しないよ。今日はダドリーちゃんのお誕生日なんだから、なにもかも完璧にしなくちゃ」

ハリーはうめいた。

「なにか言ったかい?」

おばさんが戸の外から噛《か》みつくように声をかける。

「なんにも言わないよ。なんにも……」

ダドリーの誕生日——なんで忘れられようか。ハリーはのそのそと起き上がり、靴下を探した。ベッドの下に見つけた片方にはりついていたクモを引きはがし、ハリーは靴下をはいた。クモにはもう慣れた。なにしろ、クモだらけの階段下の物置がハリーの部屋なのだから。

服を着ると、ハリーは廊下に出てキッチンに向かった。食卓はダドリーの誕生日プレゼントの山に埋もれてほとんど見えなかった。欲しがっていた新しいコンピュータもあるようだし、二台目のテレビやレース用自転車ももちろんあった。ダドリーがなぜレース用自転車を欲しがるのか、ハリーにとってはまったくの謎だ。太って運動嫌いのくせに——だれかにパンチを食らわせる運動だけは別だけれど……。ダドリーはハリーをお気に入りのサンドバッグにしていたが、よく空振りした。一見、そうは見えなくても、ハリーはとてもすばしっこかったのだ。

暗い物置に住んでいるせいか、ハリーは年のわりには小柄でやせている。その上、着るものはハリーの四倍も大きいダドリーのお古《ふる》ばかりだったので、ますますやせて小さく見えた。

ハリーは、膝小僧《ひざこぞう》が目立つような細い足、細面の顔に真っ黒な髪、明るい緑色の目をしていた。丸いメガネをかけていたが、ダドリーの顔面パンチが終始飛んでくるので、セロハンテープであちこち貼り合わせてあった。自分の顔でたった一つ気に入っているのは、額《ひたい》にうっすらと見える稲妻形の傷だ。物心ついたときから傷はあった。ハリーの記憶では、ペチュニアおばさんにまっさきに聞いた質問が「どうして傷があるの」だった。

「おまえの両親が自動車事故で死んだときの傷だよ。質問は許さないよ」

これがおばさんの答えだった。質問は許さない――ダーズリー家で平穏無事に暮らすための第一の規則だった。

ハリーがベーコンを裏返していると、バーノンおじさんがキッチンに入ってきた。

「髪をとかせ！」

朝の挨拶がわりにおじさんは一喝した。

だいたい週に一度、おじさんは新聞越しにハリーを上目づかいに見ながら、髪を短く切れと大声を出すのだった。同級生の男子を全部束にしてもかなわないほど頻繁《ひんぱん》にハリーは散髪させられたが、まったくむだだった。切っても切ってもすぐ元通りに伸びてしまう。しかもありとあらゆる方向に。

ハリーが卵を焼いていると、ダドリーが母親に連れられてキッチンに入ってきた。父親そっくりだ。大きなピンクの顔で首はほとんどなく、薄い水色の小さな目。たっぷりとしたブロンドの髪が、縦にも横にも大きい顔の上に載っかっている。おばさんはダドリーのことをよく天使のようだと言うのだが、ハリーに言わせれば、豚がかつらをつけたみたいだ。

ハリーは食卓の上にベーコンと卵の皿を並べた。プレゼントのせいでほとんど隙間がないので、そう簡単には置けない。プレゼントの数を数えていたダドリーが、突然顔色を変えて両親を見上げた。

「三十六だ。去年より二つ少ない！」

「坊や、マージおばさんの分を数えなかったでしょう。パパとママからの大きな包みの下にありますよ」

「わかったよ。でもまだ三十七だ」

ダドリーの顔に血が上ってきた。ハリーはダドリーの癇癪玉《かんしゃくだま》が大爆発寸前なのを感じて、いつテーブルがひっくり返されてもいいように大急ぎでベーコンに食らいついた。

おばさんも明らかに危険を感じたらしく、あわてて言い足した。

「今日お出かけしたときに、あと二つ買ってあげましょう。どう？　かわいこちゃん。あと二個もよ。それでいい？」

ダドリーはちょっと考え込んだ。彼にはかなり難しい計算らしかったが、やがてのろのろと言った。

「そうすると、ぼく、三十……三十……」

「三十九よ、かわいい坊や」

「そうか、そんならいいや」

ダドリーはドッカと座り込み、一番手近にあった包みを鷲《わし》づかみにした。

バーノンおじさんはクスクス笑った。

「やんちゃ君はパパと同じで、絶対損したくないってわけだ。なんてすごい子だ！　ダドリーや」

バーノンはダドリーの髪をくしゃくしゃっとなでた。

電話が鳴り、ペチュニアおばさんがキッチンを出ていった。おじさんもハリーも、ダドリーが包みを解くのを眺めていた。レース用自転車、8ミリカメラ、ラジコン飛行機、新しいコンピュータ・ゲーム十六本、ビデオ・レコーダー……おばさんがもどってきたときは、金の腕時計の包みをビリビリ破っているところだった。おばさんは怒ったような困ったような顔で現れた。

「バーノン、大変だわ。フィッグさんが足を折っちゃって、この子を預かれないって」

おばさんはハリーのほうを顎《あご》でしゃくった。

ダドリーはショックで口をあんぐり開けたが、ハリーの心は躍った。毎年誕生日には、ダドリーは友達と二人でおじおばに連れられ、アドベンチャー・パークやハンバーガーショップ、映画などに出かけることになっていた。ハリーはいつも置いてけぼりで、二筋《ふたすじ》向こうに住んでいる変わり者のフィッグばあさんに預けられていた。ハリーはそこが大嫌いだった。家中キャベツの匂いがするし、おまけにばあさんがいままで飼った猫の写真を全部、むりやり見せるからだ。

「どうします？」

ペチュニアおばさんは、おまえが仕組んだんだろうと言わんばかりに、恐ろしい顔でハリーを睨《にら》んだ。ハリーは骨折したばあさんに同情すべきなんだろうなとは思ったが、来年のダドリーの誕生日までティブルスやらスノーイー、ミスター・ポーズ、タフティーなどの猫の写真を見ないですむと思うと、気の毒に思えというほうがむりだった。

「マージに電話したらどうかね」とおじさんが提案した。

「ばかなこと言わないで。マージはこの子を嫌ってるのよ」

ダーズリー夫婦はよくこんなふうに、ハリーの目の前で本人がまるでそこにいないかのように話をした。いやむしろ、ハリーは言葉の通じないけがらわしいナメクジのように無視された。

「それなら、ほれ、なんていう名前だったか、おまえの友達の――イボンヌ、どうかね」

「バケーションでマジョルカ島よ」

「僕をここに置いていったら」

そうなることを期待しながらハリーが口を挟んだ――いつもとちがうテレビ番組を自分で選んで見ることができるかもしれないし、ひょっとするとダドリーのコンピュータをいじったりできるかもしれない――。

おばさんはレモンを丸ごと飲み込んだような顔になった。

「それで、帰ってきたら家がバラバラになってるってわけ?」

「僕、家を爆破したりしないよ」

だれもハリーの言うことなど聞いていなかった。

「動物園まで連れていったらどうかしら……それで、車に残しておいたら……」

ペチュニアおばさんが気乗りのしない様子で言った。

「ばかな。買ったばかりの車だぞ。ハリーを一人で中に残しておくわけにはいかん……」

ダドリーはワンワン泣き出した。いつもの嘘泣きだ。ここ何年も本当に泣いたことなどないが、顔をゆがめてめそめそすれば、母親が欲しいものはなんでもくれることを知っているのだ。

「ダッドちゃん、ダドリーちゃん、泣かないで。ママがついているわ。おまえの特別な日を、この子なんかに台なしにさせたりしやしないから！」

おばさんはダドリーを抱きしめた。

「ぼく……いやだ……あいつが……く、く、くるなんて！」

しゃくり上げるふりをしながらダドリーがわめいた。

「いつだって、あいつが、めちゃめちゃにするんだ！」

抱きしめている母親の腕の隙間から、ダドリーはハリーに向かって意地悪くニヤリと笑った。ちょうどそのとき玄関のベルが鳴った。

「ああ、なんてことでしょう。みんながきてしまったわ！」

おばさんは大あわてだった。——やがてダドリーの一の子分、ピアーズ・ポルキスが母親に連れられて部屋に入ってきた。ねずみ顔のガリガリにやせた子供だ。ダドリーがだれかをなぐるときに、腕を後ろにねじ上げる役割を演じるのがたいていこの少年だ。ダドリーはたちまち嘘泣きをやめた。

三十分後、ハリーはダーズリー一家の車の後部座席にピアーズ、ダドリーと一緒に座り、生まれてはじめて動物園に向かっていた。信じられないような幸運だった。おじもおばも、結局ハリーをどうしていいかほかに思いつかなかったようだ。ただし、出発前にバーノンおじさんはハリーをそばに呼んだ。

「言っておくぞ……」

おじさんは大きな赤ら顔をハリーの目の前につきつけた。

「小僧、変なことをしてみろ。ちょっとでもだ。そしたらクリスマスまでずっと物置に閉じ込めてやる」

「僕、なにもしないよ。ほんとだよ……」

しかしバーノンは信じていない。ハリーの言うことを信じてくれる人は、だれもいなかった。

困ったことに、ハリーのまわりでよく不思議なことが起きたし、自分がやったんじゃないとダーズリー夫婦にいくら訴えてもむだだった。

あるとき、床屋から帰ってきたハリーが、散髪する前と同じように髪が伸びているのを見て業《ごう》を煮《に》やしたペチュニアおばさんが、キッチンバサミでクリクリに刈り上げたことがあった。「醜い傷を隠すため」と前髪だけは残してくれたが、あとはほとんど丸坊主になった。ダドリーはハリーを見てばか笑いをしたし、ハリーは翌日の学校のことを思うと眠れなかった。ただでさえ、だぶだぶの服を着てセロハンテープだらけのメガネ姿のハリーは、物笑いの種だった。しかし、翌朝起きてみると、髪は刈り上げる前とまったく変わりがなかった。おかげでハリーは、一週間物置に閉じ込められるはめになったが、どうしてこんなに早く髪が伸びたのかわからないと、ハリーがいくら言ってもだめだった。

またあるときは、おばさんがダドリーのお古《ふる》の吐き気がするようなセーター（茶色でオレンジ色の毛玉が浮き上がっていた）をむりにハリーに着せようとしたが、ハリーの頭からかぶせようとおばさんが躍起になればなるほど服はどんどん小さくなり、とうとう指人形ならいざ知らず、ハリーにはとうてい着られないほどに縮んでしまった。おばさんがきっと洗濯で縮んだのだと決めつけてくれたおかげで、このときはハリーはお仕置きを受けずにすんでほっとしたのだった。

反対にひどい目にあったのが、学校の屋根事件だった。いつものようにダドリー軍団に追いかけられたハリーは、気がついたら食堂の屋根の煙突の上に腰掛けていた。これにはだれよりもハリー自身が驚いた。ダーズリー家には女校長先生から、ハリーが学校の建物によじ登ったと、たいそうご立腹の手紙がきた。しかし、ハリーがやったことといえば（物置に閉じ込められたとき、外にいるバーノンおじさんにも大声でそう言ったのだが）食堂の外にあった大きな容器の陰に飛び込もうとしただけだったのだ。ハリーはジャンプした拍子に風にさらわれたにちがいないと思った。

しかし、今日は絶対おかしなことがあってはならない。学校でも物置でも、キャベツ臭いフィッグばあさんの居間でもないところで一日を過ごせるのだから、ダドリーやピアーズと一緒だって文句は言えない。

運転をしながら、おじはおばを相手にブッブツ不平を言った。なにしろ不平を言うのが好きなのだ。会社の人間のこと、ハリーのこと、市議会のこと、ハリーのこと、銀行のこと、ハリーのこと、ざっとこんなところがお気に入りのネタだった。今朝はオートバイがやり玉に上がった。

「……むちゃくちゃな音を出して走りおって。チンピラどもが」

オートバイに追い抜かれたときにバーノンが言った。

「僕、オートバイの夢を見た」ハリーは急に思い出した。「空を飛んでたよ」

バーノンおじさんはとたんに前の車にぶつかりそうになった。運転席からぐるっと振り向きざま、口ひげを生やした巨大な赤かぶのような顔でおじはハリーをどなりつけた。

「オートバイは空を飛ばん！」

ダドリーとピアーズがクスクス笑った。

「飛ばないことはわかってる。ただの夢だよ」

ハリーはなにも言わなければよかったと後悔した。ダーズリー夫婦はハリーが質問するのも嫌ったが、なにより嫌ったのは、夢だろうが漫画だろうが、なにかがまともでない動きをする話だった。ハリーがそんな話をすると、まるで危険なことを考えているとでも思うようだった。

その日は天気もよく、土曜日とあって、動物園は家族連れで込み合っていた。ダーズリー夫婦は入口でダドリーとピアーズに大きなチョコレート・アイスクリームを買い与えた。そして急いでハリーをアイス・スタンドから遠ざけようとしたが間に合わず、愛想のよい売り子のおばさんが坊やはなにがいいのと聞いたので、しかたなしにハリーにも安いレモン・アイスを買い与えた。これだってけっこういける、とアイスをなめながら、ハリーはみなと一緒にゴリラの檻《おり》を眺めた。——ゴリラが頭をかいている姿がダドリーそっくりだ。あれで金髪だったらな……。

こんなにすばらしい朝を過ごしたのは、ハリーには久しぶりだった。昼近くになると、ダドリーもピアーズも動物に飽きてきたので、かわりにお気に入りのハ・リ・ー・な・ぐ・りを始めるかもしれないと思い、ハリーは意識して二人から少し距離を置いて歩くようにした。園内のレストランでお昼を食べたが、ダドリーはチョコレート・パフェが小さいと癇癪《かんしゃく》を起こし、おじさんがもう一つ買ってやるはめになり、おかげでハリーはパフェのお下がりを食べることを許された。

あとになって思えば、そもそもこんないいことばかりが続くはずがなかったのだ。

昼食のあとで、爬虫類館を見た。館内はヒヤッとして暗く、壁に沿ってガラスケースが並び、中には照明がついていた。ガラスの向こうにはいろいろなトカゲやヘビがいて、材木や石の上をスルスルと這《は》い回っていた。ダドリーとピアーズは巨大な毒ヘビのコブラと、人間でも絞め殺してしまいそうな太いニシキヘビを見たがった。ダドリーはすぐに館内で一番大きなヘビを見つけた。バーノンおじさんの車を二巻きにして砕《くだ》いてくずかごに放り込みそうな大蛇だ——ただし、いまはそういうムードではないらしい。それどころかぐっすり眠っている。

ダドリーは、ガラスに鼻を押しつけて、ツヤツヤと光る茶色のとぐろを見つめていた。

「動かしてよ」

ダドリーは父親にせがんだ。バーノンはガラスをトントンとたたいたが、ヘビは身じろぎもしない。

「もう一回」

ダドリーが命令した。おじさんは、今度は拳でドンドンとガラスをたたいた。だが、ヘビは眠り続けている。

「つまんないや」

ダドリーはブウブウ言いながら行ってしまった。

ハリーはガラスの前にきて、じっとヘビを見つめた。ヘビのほうこそ退屈のあまり死んでしまっても不思議はない。一日中、ガラスをたたいてちょっかいを出すばかな人間ども以外に友達もいない……物置で寝起きするほうがまだましだ。ドアをドンドンやられるのはペチュニアおばさんが朝起こしにくるときだけだし、少なくともハリーは家の中を歩き回れる。

突然、ヘビはビーズのような目を開け、ゆっくり、とてもゆっくりとかま首をもたげ、ハリーの目線と同じ高さまで持ち上げた。

ヘビがウィンクした。

ハリーは目を見張った。あわててだれか見ていないかと、まわりを見回した。大丈夫だ。ハリーはヘビに視線をもどし、ウィンクを返した。

ヘビはかま首をバーノンおじさんとダドリーのほうに伸ばし、目を天井に向けた。その様子は、明らかにハリーにこう言っていた。

「いつもこうさ」

「わかるよ」

ヘビに聞こえるかどうかわからなかったが、ガラス越しにハリーはそうつぶやいた。

「ほんとにいらいらするだろうね」

ヘビは激しくうなずいた。

「ところで、どこからきたの?」

ヘビはガラスケースの横にある掲示板を尾でツンツンと突ついた。ハリーがのぞいてみると、

ブラジル産ボア・コンストリクター　大ニシキヘビ

と書いてある。

「いいところなの?」

ニシキヘビはもう一度尾で掲示板を突ついた。

このヘビは動物園で生まれました

「そうなの……じゃ、ブラジルに行ったことはないんだね?」

ヘビがうなずいたとたん、ハリーの後ろで耳をつんざくような大声がした。ハリーもヘビも飛び上がりそうになった。

「ダドリー!　ダーズリーおじさん!　早くきてヘビを見て。信じられないようなことやってるよ」

ダドリーがドタドタと、それなりに全速力でやってきた。

「どけよ、おいっ」

ダドリーがハリーのわき腹にパンチを見舞った。不意を食らってハリーはコンクリートの床にひっくり返った。次の瞬間の出来事は、あっという間だったのでどんなふうに起こったのか、だれにもわからなかった。ダドリーとピアーズがガラスに寄りかかったと思った次の瞬間、二人は恐怖のさけびを上げて飛び退いた。

ハリーは起き上がり、息を呑《の》んだ。ニシキヘビのケースのガラスが消えていた。大ヘビはすばやくとぐろを解き、ズルズルと外に這《は》い出した。館内にいた客たちはさけび声を上げ、出口に向かって駆け出した。

ヘビがスルスルとハリーのそばを通り過ぎたとき、誓ってもいい、ハリーはたしかに、低い、シューシューという声を聞いたのだ。

「ブラジルへ、おれは行く――シュシュシュ、ありがとよ。アミーゴ」

爬虫類館の飼育係はショック状態だった。

「でも、ガラスは、ガラスはいったいどこに?」と言い続けていた。

園長は自らペチュニアおばさんに濃い甘い紅茶を入れ、ペコペコと謝った。ピアーズとダドリーはわけのわからないことを口走るばかりだった。ハリーが見ていたかぎりでは、ヘビは通りがかりざまに二人の踵《かかと》に噛みつくふりをしただけなのに、バーノンおじさんの車に全員がもどったときには、ダドリーは「ヘビに足を食いちぎられそうになった」と言い、ピアーズは「嘘じゃない、ヘビが絞め殺そうとした」と言った。しかしハリーにとって最悪だったのはだんだん落ち着いてきたピアーズが言った言葉だった。

「ハリーはヘビと話してた。ハリー、そうだろ？」

バーノンおじさんは、まずピアーズを無事家から送り出すまでどうなるのをがまんし、それからハリーの処分に取りかかった。怒りのあまり、バーノンは声も出なかった。やっとのことで

「行け――物置――出るな――食事抜き」

と言うなり椅子に倒れ込んだ。おばは急いでバーノンに飲ませるブランデーの大瓶《おおびん》を取りにいった。

ハリーが暗い物置に入ってから、だいぶ時間が経った。時計が欲しいと思った。どのぐらい時間が経ったのかわからないし、ダーズリー一家が眠ってしまったかどうかもわからない。みなが寝静まるまでは、キッチンでこっそり盗み食いをすることもできない。

ダーズリー一家と暮らしてほぼ十年が……思い出すかぎり惨めな十年が過ぎた。赤ん坊のときから、両親が自動車事故で死んでからずっとだ。両親の死の瞬間、自分が

車の中にいたかどうかさえ思い出せない。ときどき、物置の中で長い時間を過ごしながら一所懸命思い出をたぐっていると、不思議な光景が見えてくることがあった。目のくらむような緑の閃光《せんこう》と焼けつくような額《ひたい》の痛みだ。緑の光がどこから出ているのかは想像がつかなかったが、ハリーは、きっとこれが自動車事故なんだ、と思った。両親のことはまったく思い出せなかった。おじもおばも一度も話してくれないし、もちろん質問は禁じられていた。この家のどこにも両親の写真はなかった。

小さかったころ、ハリーはだれか見知らぬ親戚が自分を迎えにやってくることを何度も何度も夢見た。しかし、そんなことは一度も起こらなかった。ダーズリー一家しか家族はなかった。それなのに、ときどき街で見知らぬ人がハリーのことを知っているのではないかと思うことがあった——そう思いたかったのかもしれない。見知らぬばかりか、実に奇妙な人たちだった。

一度は、おばとダドリーと一緒に買い物に出たとき、店の中でスミレ色の三角帽子をかぶった小さな男の人がハリーにお辞儀《じぎ》をした。おばは、知っている人なのかと激しくハリーを問い詰め、なにも買わずに二人を連れて店を飛び出した。一度はバスの中で、緑ずくめのとっぴな格好をしたおばあさんがハリーに向かってうれしそうに手を振った。つい先日も、ひどく長い紫のマントを着たハゲ頭の男が、街中《まちなか》でハリーとしっかり握手までしてそのまま一言も言わずに立ち去った。

一番奇妙なのは、ハリーがもう一度よく見ようとしたとたん、こうした人たちが消えてしまうことだった。

学校でもハリーはひとりぼっちだった。だぶだぶの服に壊れたメガネをかけたおかしなハリー・ポッターが、ダドリー軍団に憎まれていることをみなが知っていたし、だれ一人ダドリー軍団に逆らおうとはしなかったのだ。

第3章　知らない人からの手紙

ブラジル産大ヘビ逃亡事件のおかげで、ハリーはいままでで一番長いお仕置きを受けた。ようやくお許しが出て物置を出られたときには、すでに夏休みが始まっていた。ダドリーについて言えば、その間に買ってもらったばかりの8ミリカメラはさっさと壊し、ラジコン飛行機も墜落させ、おまけにレース用自転車にいたっては、はじめて乗ったその日にプリベット通りを松葉杖をついて横断していたフィッグばあさんを轢《ひ》き倒してしまうという事件もすませていた。

休みが始まっていたのはうれしかったが、毎日のように遊びにやってくるダドリーの悪友からハリーは逃れることはできなかった。ピアーズ、デニス、マルコム、ゴードン、みな揃いもそろってデカくてウスノロばかりだったが、中でもとびきりのデカでウスノロがダドリーだった。だから当然、軍団のリーダーはダドリーだ。あとの四人は、ダドリーのお気に入りのスポーツ、「ハリー狩《がり》」に参加できるだけで大満足だった。

そういうわけでハリーは、できるだけ家の外でぶらぶらして過ごすことにした。夏休みさえ終われば――それだけがわずかな希望の光だった。九月になれば七年制の中等学校に入る。そうすれば生まれてはじめてダドリーから離れられる。ダドリーはバーノンおじさんの母校、「名門」私立スメルティングズ男子校に行くことになっていた。ピアーズ・ポルキスもそこに入学する。ハリーは地元の普通の公立ストーンウォール校へ行くことになっている。ダドリーにはこれが愉快でたまらない。

「ストーンウォールじゃ、最初の登校日に新入生の頭をトイレに突っ込むらしいぜ。二階に行って練習しようか?」

「遠慮しとくよ。トイレだって君の頭みたいに気味の悪いものを流したことはないよ。突っ込まれたほうこそいい迷惑だ……トイレのほうが吐き気を催すだろうさ」

そう言うが早いか、ハリーはすばやく駆け出した。ダドリーはハリーの言ったことの意味をまだ考えていた。

七月に入り、ペチュニアおばさんはダドリーを連れてロンドンまでスメルティングズ校の制服を買いに出かけた。ハリーはフィッグばあさんに預けられはしたが、いつもよりましだった。飼い猫の一匹につまずいて足を骨折してからというもの、フィッグばあさんは前ほど猫好きではなくなったらしい。ハリーはテレビを見ることを許されたばかりか、チョコレート・ケーキを一切れもらった。何年もしまい込んであったような味がした。

その夜、ダドリーはピカピカの制服を着て居間を行進してみせた。スメルティングズ男子校では、みな茶色のモーニングにオレンジ色のニッカーボッカーをはき、平ったい麦わらのカンカン帽をかぶる。てっぺんにこぶ状のにぎりのある杖を持つことになっていて、これはもっぱら先生が見ていない隙を狙って、生徒が互いになぐり合うために使われる。卒業後の人生に役立つ訓練らしい。

真新しいニッカーボッカー姿のダドリーを見て、おじのバーノンは、人生で最も誇らしい瞬間だと声を詰まらせた。おばのペチュニアは、こんなに大きくなった、こんなにハンサムな子が、私のちっちゃなダドリー坊やだなんて信じられないとうれし泣きした。ハリーはとてもなにかを言うどころではなく、笑いをこらえるのに必死で、あばら骨が二本は折れたかと思うほど苦しかった。

翌朝、朝食を食べにハリーがキッチンに入ると、ひどい悪臭が漂っていた。洗い場に置かれた大きなたらいから臭ってくる。近づいてのぞくと、灰色の液体に汚らしいボロ布がプカプカ浮いていた。

「これ、なに？」

質問してはいけないのに、ハリーは質問した。そういうとき、ペチュニアおばさんは必ず唇をギュッと結ぶ。

「おまえの新しい制服だよ」

「そう。こんなにビショビショじゃないといけないなんて、知らなかったな」

ハリーは、あらためてたらいに目をやりながら言った。

「お黙り！　ダドリーのお古《ふる》をわざわざおまえのために灰色に染めてあげてるんじゃないか。仕上がればちゃあんとした制服になるよ」

とうていそうは思えなかった。でもハリーはなにも言わなかった。食卓について、ストーンウォール校の入学第一日目の自分の姿を想像した……たぶん年をとった象の皮を着たみたいに見えるだろうな……でもそれは考えないことにしよう。

ダドリーとバーノンおじさんが入ってきて、臭いに顔をしかめた。バーノンはいつものように朝刊を広げ、ダドリーは、かたときも手放さないスメルティングズ校の杖《つえ》で食卓をバンとたたいた。

そのとき、郵便受けが開き、郵便が玄関マットの上に落ちる音がした。

「ダドリーや。郵便を取っておいで」と新聞の陰からバーノンおじさんの声。

「ハリーに取らせろよ」

「ハリー、取ってこい」

「ダドリー、スメルティングズの杖で突ついてやれ」

ハリーはスメルティングズ杖をかわし、郵便を取りにいった。マットの上に三通落ちている。ワイト島でバケーションを過ごしているバーノンおじさんの妹、マージからの絵葉書。請求書らしい茶封筒。それに……ハリー宛の手紙。

ハリーは手紙を拾い上げてまじまじと見つめた。心臓は巨大なゴムひものようにビュンビュンと高鳴った。これまでの人生で、ハリーに手紙をくれた人はただの一人もいない。くれるはずの人もいない。友達も親戚もいない……。図書館に登録もしていないので、「すぐ返本せよ」などという無礼な手紙でさえもらったことはない。それなのに手紙がきた。正真正銘ハリー宛だ。

サレー州　リトル・ウインジング
プリベット通り4番地　階段下の物置内

ハリー・ポッター様

なにやら分厚い、重い、黄色みがかった羊皮紙《ようひし》の封筒に入っている。宛名はエメラルド色のインクで書かれていて、切手は貼られていない。

震える手で封筒を裏返してみると、紋章入りの紫色の蝋《ろう》で封印がしてあった。真ん中に大きく〝H〟と書かれ、そのまわりをライオン、鷲《わし》、アナグマ、ヘビが取り囲んでいる。

「小僧、早くせんか！」

キッチンからバーノンおじさんのどなり声がする。

「なにをやっとるんだ。手紙爆弾の検査でもしとるのか？」

自分のジョークにバーノンはクックックッと笑った。

ハリーは手紙を見つめたままでキッチンにもどった。バーノンおじさんに請求書と絵葉書を渡し、椅子に座ってゆっくりと黄色の封筒を開きはじめた。

バーノンは請求書の封筒をビリビリと開け、不機嫌にフンと鼻を鳴らし、次に絵葉書の裏を返して読んだ。

「マージが病気だよ。腐りかけた貝を食ったらしい……」

とペチュニアに伝えたそのとき、ダドリーが突然さけんだ。

「パパ！　ねえ！　ハリーがなにか持ってるよ」

ハリーは、封筒と同じ厚手の羊皮紙に書かれた手紙をまさに広げるところだった。しかし、バーノンおじさんがそれをひったくった。

「それ、僕のだよ！」

ハリーは奪い返そうとした。

「おまえに手紙なんぞ書くやつがいるか？」

とバーノンおじさんはせせら笑い、片手でパラっと手紙を開いてちらりと目をやった。とたんに、おじの顔が交差点の信号よりすばやく赤から青に変わった。それだけではない。数秒後には、腐りかけた粥のような白っぽい灰色になった。

「ペ、ペ、ペチュニア！」

バーノンはあえぎながら言った。

ダドリーが手紙を奪って読もうとしたが、おじさんは手が届かないように高々と手紙を掲げていた。ペチュニアおばさんはいぶかしげに手紙を取り、最初の一行を読んだとたん喉《のど》に手をやり、窒息しそうな声を上げた。一瞬、気を失ってしまうかとも見えた。

「バーノン、どうしましょう……あなた！」

二人は顔を見合わせたまま、ハリーやダドリーがそこにいることなど忘れてしまったかのようだった。ダドリーは無視されることに慣れていない。スメルティングズ杖で、父親の頭をコツンとたたいた。

「ぼく、読みたいよ」

ダドリーがわめいた。

「僕に読ませて。それ、僕のだよ」

ハリーは怒った。

「あっちへ行け！　二人ともだ」

バーノンおじさんは、手紙を封筒に押し込みながら、かすれた声でそう言った。

「僕の手紙、返して！」

ハリーはその場を動かなかった。

「ぼくが見るんだ！」

ダドリーも迫った。

「行けと言ったら、行け！」

そうなるやいなや、バーノンおじさんは二人の襟首《えりくび》をつかんで部屋の外に放り出し、ピシャリとキッチンのドアを閉めてしまった。どちらが鍵穴に耳をつけられるか、ハリーとダドリーの無言の激しい争奪戦はダドリーの勝ちに終わった。ハリーは争いでずり落ちたメガネを片耳からぶら下げたまま床に這《は》いつくばり、ドアと床の間の隙間から漏れてくる声を聞こうとした。

「バーノン。住所をごらんなさい……どうしてあの子の寝ている場所がわかったのかしら。まさかこの家を見張っているんじゃないでしょうね？」

「見張っている……スパイだ……跡をつけられているのかもしれん」

バーノンおじさんの興奮したつぶやき声が聞こえた。

「あなた、どうしましょう。返事を書く？　お断りです……そう書いてよ」

ハリーの目に、キッチンを往《い》ったり来たりするおじさんのピカピカに磨いた黒い靴が見えた。

「いや」

しばらくしておじさんはやっと口を開いた。

「いいや、ほっておこう。返事がなけりゃ……そうだ、それが一番だ……なにもせん……」

「でも……」

「ペチュニア！　我が家にはああいう連中はお断りだ。ハリーを拾ってやったときに誓ったろう？　ああいう危険なナンセンスは、絶対たたき出してやるって」

その夜、仕事から帰ったおじさんは、いままでただの一度もしなかったことをした。ハリーの物置にやってきたのだ。

「僕の手紙はどこ？」

バーノンおじさんの大きな図体が狭いドアから入ってくると、ハリーは真っ先に聞いた。

「だれからの手紙なの？」

「知らない人からだ。まちがえておまえに宛てたんだ。焼いてしまったよ」

おじさんはぶっきらぼうに答えた。

「絶対にまちがいなんかじゃない。封筒に物置って書いてあったよ」

ハリーは怒った。

「だまらっしゃい！」

おじさんの大声で、天井からクモが数匹落ちてきた。おじさんは二、三回深呼吸して、むりに笑顔を取りつくろったが、相当に苦しい笑顔だった。

「えー、ところで、ハリーや……この物置だがね。おばさんとも話したんだが……おまえもここに住むにはちょいと大きくなりすぎたことだし……ダドリーの二つ目の部屋に移ったらいいと思うんだがね」

「どうして？」

「質問は許さん！　さっさと荷物をまとめて、すぐ二階へ行くんだ」

おじさんはまたどなった。

ダーズリー家には寝室が四つある。おじのバーノンとおばのペチュニアの部屋、来客用（おじさんの妹のマージが泊まることが多い）、ダドリーの寝る部屋、そしてそこに入りきらないおもちゃやその他いろいろな物が、ダドリーの二つ目の部屋に置かれている。物置から全財産を二階の寝室に移すのに、ハリーはたった一回階段を上がればよかった。ベッドに腰掛けてまわりを見回すと、ガラクタばかりが置いてあった。買ってからまだ一か月しか経っていないのに8ミリカメラは小型戦車の上に転がされていた。ダドリーがその戦車に乗って隣の犬を轢《ひ》いてしまったことがある。隅に置かれたダドリーの一台目のテレビは、お気に入りの番組が中止になったと腹を立て蹴りつけて大穴をあけてしまった。大きな鳥籠《とりかご》にはオウムが入っていたこともあったが、ダドリーが学校で本物の空気銃と交換した。その銃は、ダドリーが尻に敷いて銃身をひどく曲げてしまい、いまは棚の上にほったらかしになっている。ほかの棚は本でいっぱいだが、これだけは手を触れた形跡がない。

下からダドリーが母親に向かってわめいているのが聞こえた。

「あいつをあの部屋に入れるのはいやだ……あの部屋はぼくが使うんだ……あいつを追い出してよ……」

ハリーはフッとため息をつき、ベッドに体を横たえた。昨日までは、二階に住めるならほかにはなにもいらないと思っていた。しかしいまは、手紙なしでこの部屋にいるより、手紙さえ手に入るなら物置にいたっていいと思った。

次の朝、みんな黙って朝食を食べた。ダドリーはショック状態だった。わめきちらし、父親をスメルティングズ杖でたたき、わざと気分が悪くなってみせ、母親を蹴飛ばし、温室の屋根をぶち破って亀を放り投げるなど、あらゆる抵抗を試みたのに、それでも部屋は取りもどせなかったからだ。ハリーは昨日のいまごろのことを考え、玄関で手紙を開けてしまえばよかったと後悔していた。おじとおばは、暗い表情で始終顔を見合わせていた。

朝の郵便が届いた。バーノンおじさんは、努めてハリーにやさしくしようとしているらしく、ダドリーに郵便を取りにいかせた。スメルティングズ杖でそこらじゅうをたたきまくりながら、ダドリーは玄関に行った。やがて、ダドリーの大声がした。

「ねえ！　またきたよ！　プリベット通り4番地　一番小さい寝室　ハリー・ポッター様――」

バーノンおじさんは首を締められたようなさけび声を上げて椅子から跳び上がり、廊下を駆け出した。続いてハリー――バーノンおじさんはダドリーを組み伏せて手紙を奪い取ったが、ハリーが後ろからおじさんの首をつかんだので、三つ巴《どもえ》となった。取っ組み合いの大混戦がしばらく続き、みないやというほどスメルティングズ杖にたたかれた末、やがて息も絶え絶えに立ち上がったのはバーノンおじさんだった。ハリーへの手紙を鷲《わし》づかみにしている。

「物置に……じゃない、自分の部屋に行け」

おじさんはゼイゼイしながら命令した。

「ダドリー、おまえも行け……とにかく行け」

ハリーは移ってきたばかりの自分の部屋の中をぐるぐる歩き回った。物置から引っ越したことをだれかが知っている。最初の手紙を受け取らなかったことを知っている。だったら差出人は必ずもう一度手紙を出すのでは？　今度こそ失敗しないようにするぞ。ハリーには名案があった。

壊れた時計を直しておいたので、目覚しは翌朝六時に鳴った。ハリーは目覚しを急いで止め、こっそり服を着た。ダーズリー一家を起こさないように、電気もつけず、ひっそりと階段を降りた。

プリベット通りの角のところで郵便配達を待てばよい。四番地宛の手紙を受け取るんだ。そっと忍び足で暗い廊下を渡り玄関へと向かうハリーの心臓は、早鐘《はやがね》のように鳴った……。

「ウワーヮヮヮァァァァァ！」

ハリーは空中に跳び上がった――玄関マットの上で、なにか大きくてグニャッとしたものを踏んだ……なんだ？　生き物だ！

二階の電気がついた。ハリーは度肝《どぎも》を抜かれた。大きくてグニャッとしたものは、なんと、バーノンおじさんの顔だった。おじさんは、まさにハリーのやろうとしたことを阻止するために、寝袋にくるまって玄関のドアの前で横になっていたのだ。

それから三十分、バーノンは延々とハリーをどなりつけ、最後に紅茶を入れてこいと命令した。ハリーはすごすごとキッチンに向かい、そこから玄関にもどってきたちょうどそのとき、バーノンおじさんの膝《ひざ》の上に郵便が投げ込まれた。緑色で宛名が書かれた手紙が三通見えた。

「僕の……」

と言い終わらないうちに、おじさんはハリーの目の前で手紙をビリビリと破り捨てた。

バーノンおじさんは、その日会社を休み、家の郵便受けを釘づけにした。口いっぱいに釘を食わえたまま、おじさんはペチュニアおばさんに理由を説明した。

「いいか、配達さえさせなけりゃ連中もあきらめるさ」

「でもあなた、そんなことでうまくいくかしら」

「ああ、連中の考えることときたらおまえ、まともじゃない。わしらとは人種がちがう」

バーノンおじさんは、いましがたおばさんが持ってきたフルーツケーキで釘を打とうとしていた。

金曜には、十二通もの手紙が届いた。郵便受けに入らないので、ドアの下から押し込まれたり、横の隙間に差し込まれたり、一階のトイレの小窓からねじ込まれたものもいくつかあった。

バーノンおじさんはまた会社を休んだ。手紙を全部焼き捨て、釘と金槌《かなづち》を取り出すと、玄関と裏口のドアの隙間という隙間に板を打ちつけ、だれ一人外に出られないようにした。釘を打ちながら、「チューリップ畑を忍び足」のせかせかした曲を鼻歌で歌い、ちょっとした物音にも跳び上がった。

土曜日。もう手がつけられなくなった。二十四通のハリー宛の手紙が家の中に忍び込んできた。牛乳配達が、いったい何事だろうという顔つきで、卵を二ダース、居間の窓からペチュニアおばさんに手渡したが、その卵の一個一個に丸めた手紙が隠してあったのだ。バーノンおじさんは、だれかに文句を言わなければ気がすまず、郵便局と牛乳店に怒りの電話をかけた。ペチュニアおばさんはミキサーで手紙を粉々にした。

「おまえなんかと、こんなにめちゃくちゃ話したがっているのは、いったいだれなんだ?」

ダドリーも驚いてハリーに聞いた。

日曜の朝、バーノンおじさんは疲れたやや青い顔で、しかしうれしそうに朝食の席についた。

「日曜は郵便は休みだ」

新聞にママレードを塗りたくりながら、おじさんは嬉々《きき》としてみんなに言った。

「今日はいまいましい手紙なんぞ――」

そう言い終わらないうちに、なにかがキッチンの煙突を伝ってヒューッと落ちてきて、バーノンの後頭部にこつんとぶつかった。次の瞬間、三十枚も四十枚もの手紙が、暖炉から雨あられと降ってきた。ダーズリーたちはみな身をかわしたが、ハリーは飛びついて手紙を捕まえようとした。

「出ていけ。出ていくんだ！」

バーノンはハリーの腰のあたりを捕まえて、廊下に放り出した。ペチュニアおばさんとダドリーは顔を腕でかばいながら部屋から逃げ出した。バーノンおじさんがドアをピシャリと閉めたあとも、手紙が部屋の中に洪水のようにあふれ出て壁やら床やらではね返る音が聞こえていた。

「これできまりだ」

バーノンおじさんは平静に話そうとしてはいたが、同時に口ひげをしこたま引き抜いていた。

「みんな、出発の準備をして五分後にここに集合だ。家を離れることにする。着替えだけ持ってきなさい。問答無用だ！」

口ひげを半分も引き抜いてしまったおじさんの形相はすさまじく、だれも問答する気になれなかった。十分後、板を隙間なくしっかりと打ちつけたドアをこじ開け、一《いっ》行《こう》は車に乗り込み、高速道路を目指して突っ走っていた。ダドリーは後ろの席でグスグス泣いていた。テレビやビデオやコンピュータをスポーツバッグに詰め込もうとしてみなを待たせたので、父親からガツンと頭に一発食らったのだ。

一行を乗せて車は走った。どこまでも走った――ペチュニアおばさんさえ、どこに行くのかと質問もできない。バーノンおじさんはときどき急カーブを切り、それまでの進行方向とは逆の方向に車を走らせたりした。

「振りはらうんだ……振り切るんだ」

そのたびにおじさんはぶつぶつ言った。

一行は一日中、飲まず食わずで走りに走った。暗くなるころにはダドリーが泣きわめいていた。腹ペコで、お気に入りのテレビ番組を五本も見逃した上に、こんなに長時間コンピュータ・ゲームでエイリアンを一人もやっつけなかったなんて、ダドリーの人生最悪の一日だった。

バーノンは、どこか大きな町はずれの、陰気くさいホテルの前でやっと車を停めた。ダドリーとハリーはツイン・ベッドの部屋に泊まった。湿っぽい、かび臭いシーツだった。ダドリーは高いびきだったが、ハリーは眠れないままに、窓辺に腰掛け、下を通り過ぎる車のライトを眺めながら物思いに沈んでいた……。

翌朝、かび臭いコーンフレークと、缶詰の冷たいトマトを載せたトーストの朝食をとった。ちょうど食べ終わったとき、ホテルの女主人がやってきた。

「ごめんなさいまっし。ハリー・ポッターという人はいなさるかね？　いましがた、フロントにこれとおんなじもんがざっと百ほど届いたがね」

女主人は、みんなが宛名を読めるように手紙をかざして見せた。緑のインクだ。

コークワース州
レールヴューホテル
17号室
ハリー・ポッター様

ハリーは手紙を掴もうとしたが、バーノンおじさんがその手を払い退けた。女主人は目を丸くした。

「わしが引き取る」

バーノンおじさんはすばやく立ち上がり、女主人について食堂を出ていった。

「ねえ、家に帰ったほうがいいんじゃないかしら？」

ペチュニアおばさんが恐る恐るそう言ったのはそれから数時間後だったが、車を走らせるバーノンおじさんにはまるで聞こえていない。いったいバーノンがなにを探そうとしているのか、だれにも皆目わからなかった。あるときは森の奥深くまで入り、車を降りてあたりを見回し、頭を振り、また車にもどり、また走り――あるときは耕された畑のど真ん中で、またあるときは吊り橋の真ん中で、そしてまたあるときは立体駐車場の屋上で、バーノンは同じことを繰り返した。

「パパ、気が変になったんじゃない？」

夕方近くになって、ダドリーがぐったりして母親に問いかけた。バーノンおじさんは海岸近くで車を停め、みんなを車に閉じ込めて鍵をかけ、姿を消した。

雨が降ってきた。大粒の雨が車の屋根を打った。

「今日は月曜だ」

ダドリーは母親に向かって哀れっぽい声を出した。

「今夜は『グレート・ハンベルト』があるんだ。テレビのある所に泊まりたいよう」

月曜だ。ハリーはなにか思い出しかけていた。もし月曜なら（曜日に関してはダドリーの言うことは信用できる……テレビのおかげで）もし本当にそうなら、明日は火曜日、そしてハリーの十一歳の誕生日だ。誕生日が楽しかったことなど一度もない……去年のダーズリー一家からのプレゼントは、コートを掛けるハンガーとおじさんのお古《ふる》の靴下だった。それでも、十一歳の誕生日は一生に一度しかこない。

バーノンおじさんがにんまりしながらもどってきた。長い、細い包みを抱えている。なにを買ったのかとおばさんが聞いても、答えなかった。

「申し分のない場所を見つけたぞ。くるんだ。みんな降りろ！」

外はとても寒かった。バーノンおじさんは海のかなたに見えるなにやら大きな岩を指さしている。その岩のてっぺんに、途方もなくみすぼらしい小屋がちょこんと載っている――テレビがないことだけは保証できる。

「今夜は嵐がくるぞ！」

バーノンおじさんは上機嫌で手をたたきながら言った。

「このご親切な方が、船を貸してくださることになった」

歯のすっかり抜けた老人がよぼよぼと近づいてきて、なにやら気味の悪い笑みを浮かべながら、鉛色の波打ち際に木の葉のように浮かぶボロ船を指さした。

「食料は手に入れた。一同、乗船！」

バーノンおじさんが号令をかけた。

船の中は凍えそうな寒さだった。氷のような波しぶきと雨が首筋を伝わり、刺すような風が顔を打った。何時間も経ったかと思われるころ、船は岩にたどり着き、バーノンは先頭を切って滑ったり転んだりしながらオンボロ小屋へと向かった。

小屋の中はひどかった。海草の匂いがツンと鼻を刺し、板壁の隙間からヒューヒューと風が吹き込んでいる。おまけに火の気のない暖炉は湿っていた。部屋は二つしかない。

バーノンおじさんの用意した食料は、一人一袋のポテトチップとバナナ四本しかなかった。暖炉に火を入れようと、おじさんはポテトチップの空き袋に火をつけたが、くすぶってチリチリと縮んだだけだった。

「いまならあの手紙が役立つかもしれんな。え？」

バーノンおじさんは楽しそうに言った。

バーノンは上機嫌だった。こんな嵐の中、まさかここまで郵便を届けにくるやつはいまい、と思っているにちがいない。ハリーもおじさんと同意見だったが、上機嫌にはなれなかった。

夜になると、予報どおり嵐が吹き荒れた。波は高く、しぶきがピシャピシャと小屋の壁を打ち、風は猛《たけ》り、汚れた窓をガタガタ言わせた。ペチュニアおばさんは奥の部屋からかび臭い毛布を何枚か見つけてきて、ダドリーのために虫食いだらけのソファの上にベッドをこしらえた。おじとおばは、奥の部屋のデコボコしたベッドに収まった。ハリーは床の柔らかそうな所を探して、一番薄い、一番ボロの毛布にくるまって体を丸くした。

夜がふけるにつれて、嵐はますます激しさを増した。ハリーは眠れなかった。ガタガタ震えながら、なんとか楽な姿勢になろうと何度も寝返りを打った。空腹でお腹が鳴った。ダドリーの大いびきも、真夜中近くに始まった雷のゴロゴロという低い音にかき消されていった。ソファからはみ出してブラブラしているダドリーの太った手首に、蛍光文字盤つきの腕時計があった。あと十分でハリーは十一歳になる。横になったまま、ハリーは自分の誕生日が刻一刻と近づくのを見ていた。おじやおばは覚えているのだろうか。手紙をくれた人はいまどこにいるのだろう。

――あと五分。ハリーは外でなにかが軋《きし》む音を聞いた。屋根が落ちてきませんように。いや、落ちたほうが暖かいかもしれない。あと四分。プリベット通りの家は手紙であふれているかもしれない。帰ったら一つぐらいはなんとか抜き取ることができるかもしれない。

――あと三分。あんなに強く岩を打つのは荒海なのか？　それに――あと二分――あの奇妙なガリガリという音はなんなのだろう？　岩が崩れて海に落ちる音か？

――十一歳まで、あと一分。三十秒……二十……十……九……いやがらせにダドリーを起こしてやろうか。……三……二……一……。

ドーン

小屋中が震えた。ハリーはビクッと跳び起きてドアを見つめた。外にだれかがいる。ドアをノックしている。

第4章　鍵の番人

ドーン。

もう一度、すさまじいノックの音が響いた。ダドリーが跳び起きて、寝ぼけた声を上げた。

「なに？　大砲？　どこ？」

向こうの部屋でガラガラガッシャンと音がしたかと思うと、バーノンおじさんがライフル銃を手に、すっ飛んできた――あの細長い包みの中身が、いまわかった。

「だれだ。そこにいるのは。言っとくが、こっちには銃があるぞ！」

おじさんはさけんだ。

一瞬の空白。そして……、
バターン！

蝶番《ちょうつがい》も吹き飛ぶほどの力でドアが開けられ、扉は轟音を上げて床に倒れた。

戸口には大男が立っていた。ぼうぼうの長い髪ともじゃもじゃの荒々しいひげに隠れて、顔はほとんど見えない。だが、毛むくじゃらの中から、真っ黒な黄金虫《こがねむし》のような目がキラキラと輝いている。

大男は窮屈そうに部屋に入ってきた。身をかがめても、髪が天井をこする。男は腰を折ってドアを拾い上げると、いとも簡単にバチンと元の枠にもどした。外の嵐の音がやや薄らいで聞こえた。大男は振り返ってぐるりとみなを見渡した。

「茶でも入れてくれんかね？　いやはや、ここまでくるのは骨だったぞ……」

男は大股でソファに近づき、恐怖で凍りついているダドリーに言った。

「少し空けてくれや、太っちょ」

ダドリーは金切り声を上げて逃げ出し、母親の陰に隠れた。ペチュニアは震えながらバーノンの陰にうずくまっていた。

「オーッ、ハリーだ！」と大男が言った。

ハリーは恐ろしげな、荒々しい黒い影のような男の顔を見上げ、黄金虫のような目がくしゃくしゃになって笑いかけているのを見つけた。

「最後におまえさんを見たときゃ、まだほんの赤ん坊だったなぁ。おまえさん、父さんそっくりだ。でも目は母さんの目だなあ」と大男は続けた。

おじのバーノンは奇妙なかすれ声を出した。

「いますぐお引き取りを願いたい。家宅《かたく》侵入罪ですぞ！」

「黙れ、ダーズリー。腐った大すももめ」

言うやいなや、大男はソファの背越しに手を伸ばしてバーノンの手から銃をひったくると、まるでゴム細工の棒でもひねるかのようにやすやすと丸めてひと結びにし、部屋の隅に放り投げてしまった。

バーノンおじさんはまたまた奇妙な声を上げた。今度は踏みつけられたねずみのような声だった。

「なにはともあれ……ハリーや」

大男はダーズリーに背を向けてハリーに話しかけた。

「誕生日おめでとう。おまえさんにちょいとあげたいモンがある……どっかでおれが尻に敷いちまったかもしれんが、まあ味は変わらんだろ」

黒いコートの内ポケットから、少しひしゃげた箱が出てきた。ハリーは震える指で箱を開けた。中は大きなとろりとしたチョコレート・ケーキ。上には緑色の砂糖細工で、「ハリー　誕生日おめでとう」と書いてある。

ハリーは大男を見上げた。ありがとうと言うつもりだったのに、言葉が途中で迷子になり、かわりに「あなたは、だれ?」と言ってしまった。

大男はクスクス笑いながら答えた。

「そうだ、まだ自己紹介をしとらんかった。おれはルビウス・ハグリッド。ホグワーツの鍵と領地を守る番人だ」

男は巨大な手を差し出し、ハリーの腕をブンブン振って握手した。

「さあて、お茶にしようじゃないか。え?」

男はもみ手をしながら言った。

「紅茶よりちょいと強い液体だってかまわんぞ。まあ、あればの話だがな」

大男は、チリチリに縮んだポテトチップの空き袋が転がっているだけの火の気のない暖炉に目をやると、フンと鼻を鳴らしながら暖炉に覆いかぶさるようにしてなにやら始めた。次の瞬間、大男が身を引くと暖炉には轟々と火が起こっていた。

火は湿った小屋をちらちら揺らめく明かりで満たし、ハリーは温かい湯にとっぷりとつかったような温《ぬく》もりが体中を包むのを感じた。

大男はソファにドッカと座った。ソファが重みで沈み込んだ。男はコートのポケットから次々にいろいろなものを取り出しはじめた。銅のヤカン、ひしゃげたソーセージ一袋、火掻《ひか》き棒、ティーポット、口の欠けたマグカップ数個、琥珀色《こはくいろ》の液体が入った瓶《びん》。その液体を一杯ひっかけてから、大男は茶の準備を始めた。やがて、ソーセージのジュージュー焼ける音と匂いで小屋中がいっぱいになった。声を出すものはだれもいない。太くて柔らかそうな、少し焦げめのついたソーセージが六本、焼串《やきぐし》からはずされるやいなやダドリーがそわそわしはじめたので、バーノンおじさんは一喝《いっかつ》した。

「ダドリー、この男のくれるものに、いっさい触ってはいかん」

大男はクックッと低く笑いながら言った。

「おまえのデブチン息子はこれ以上太らんでいい。ダーズリーとっつぁん、余計な心配だ」

男はソーセージをハリーに渡した。空腹が限界まできていたので、こんなにおいしいものは食べたことがないとハリーは思った。それでも、目だけは大男に釘《くぎ》づけになっていた。だれも説明してくれないので、とうとうハリーは口を開いた。

「あの、僕、まだあなたがだれだかわからないんですけど」

大男はガブリと茶を飲んで、手の甲で口をぬぐった。

「ハグリッドって呼んでおくれ。みんなそう呼ぶんだ。さっき言ったように、ホグワーツの番人だ――ホグワーツのことはもちろん知っとろうな？」

「あの……、いいえ」

ハグリッドはショックを受けたような顔をした。

「ごめんなさい」ハリーはあわてて謝った。

「ごめんなさいだと？」

ハグリッドは吠えるような大声を出すと、ダーズリーたちを睨《にら》みつけた。ダーズリー親子は薄暗い所で、小さくなっていた。

「ごめんなさいはこいつらのセリフだ。おまえさんが手紙を受け取ってないのは知っとったが、まさかホグワーツのことも知らんとはな、思ってもみんかったぞ。なんてこった！　おまえの両親がいったいどこであんなにいろんなことを学んだのか、不思議に思わなんだったのか？」

「いろんなことって？」ハリーがたずねた。

「いろんなことって、だと？」

ハグリッドの雷のような声が響く。

「ちょっと待った！」

ハグリッドは仁王立ちになった。怒りでハグリッドの体が小屋いっぱいにふくれ上がったかのようだ。ダーズリー親子はすくみ上がって壁に張りついていた。

ハグリッドは、ダーズリーたちに詰め寄って、噛《か》みつくように言った。

「この子が……この子ともあろうものが……なにも知らんというのか……まったくなんにも？」

ハリーは、それはちょっと言いすぎだと思った。学校にも行ったし、成績だってそう悪くはなかったんだから。

「僕、少しなら知ってます。算数とか、そんなのだったら」

ハグリッドは首を横に振った。

「我々の世界のことだよ。つまり、おまえさんの世界だ。おれの世界でもあるし、おまえさんの両親の世界のことだ」

「なんの世界？」

ハグリッドはいまや爆発寸前の形相だ。

「ダーズリー！」

そして爆発した。

バーノンは真っ青な顔で、なにやら「ムニャムニャ」と意味のないことを言うばかりだった。

ハグリッドはハリーを燃えるような目で見つめた。

「じゃが、おまえさんの父さん母さんのことは知っとるだろうな。両親は有名なんだ。おまえさんも有名なんだよ」

「えっ？　僕の……父さんと母さんが有名だったなんて、ほんとに？」

「知らんのか……おまえは、知らんのか……」

ハグリッドは髪をかきむしり、当惑したまなざしでハリーを見つめた。

「おまえは、自分が何者なのか知らんのだな？」

しばらくしてハグリッドはそう言った。

バーノンおじさんが急に声を取り戻して、命令口調で言った。

「やめろ！　客人。いますぐやめてくれ！　その子にこれ以上、なにも言ってはいかん！」

ハグリッドはなおすさまじい形相でおじさんを睨《にら》みつけた。そのものすごさときたら、たとえいまのダーズリー氏より勇敢な人がいたとしても、しっぽを巻いただろう。ハグリッドの言葉は、一言一言怒りでわなわなと震えていた。

「きさまはなにも話してやらなかったんだな？　ダンブルドアがこの子のために残した手紙の中身を、一度も？　おれはあの場にいたんだ。ダンブルドアが手紙を置くのを見ていたんだぞ！　それなのに、きさまはずうっとこの子に隠していたんだな？」

「いったいなにを隠してたの？」ハリーは急き込んで聞いた。

「やめろ。絶対言うな！」

バーノンは狂ったようにさけび、ペチュニアおばさんは、恐怖で引きつった声を上げた。

「二人とも勝手にわめいていろ。ハリー——おまえさんは魔法使いだ」

小屋の中が、シーンとした。聞こえるのはただ、波の音とヒューヒューという風の音……。

「僕が、なんだって？」ハリーは息を呑《の》んだ。

「魔法使いだよ、いま言ったとおり」

ハグリッドはまたソファにドシンと座った。ソファがギシギシとうめき声を上げて、前より深く沈み込んだ。

「しかも、訓練さえ受けりゃ、そんじょそこらの魔法使いよりすごくなる。なんせ、ああいう父さんと母さんの子だ。おまえは魔法使いに決まってる。そうじゃないか？　さて、手紙を読むときがきたようだ」

ハリーはついに黄色味がかった封筒に手を伸ばした。エメラルド色で宛名が書いてある。

海の上、
岩の上の小屋、
床
ハリー・ポッター様

中から手紙を取り出し、読んだ。

ホグワーツ魔法魔術学校
校長　アルバス・ダンブルドア
マーリン勲章、勲一等、大魔法使い、魔法戦士隊長、
最上級独立魔法使い、国際魔法使い連盟会員

親愛なるポッター殿
このたびホグワーツ魔法魔術学校にめでたく入学を許可されましたこ

と、心よりお喜び申し上げます。教科書並びに必要な教材のリストを同封いたします。

新学期は九月一日に始まります。七月三十一日必着でふくろう便にてのお返事をお待ちしております。

副校長ミネルバ・マクゴナガル

ハリーの頭で、まるで花火のように次々と疑問がはじけた。なにから先に聞いてよいのかわからない。しばらくしてやっと、つっかえながら聞いた。

「これどういう意味ですか？　ふくろう便を待つって」

「おっとどっこい。忘れるとこだった」

ハグリッドは「しまった」というふうにおでこを手でパチンとたたいたが、その力の強いこと、馬車馬でも吹っ飛んでしまいそうだ。そして、コートのポケットから今度はふくろうを引っ張り出した……少しもみくちゃになってはいたが、生きている本物だ……それから、ハグリッドが長い羽根ペンと……羊皮紙《ようひし》の巻紙を取り出すと歯の間から舌を少しのぞかせながら走り書きするのを、ハリーは逆さまから読んだ。

ダンブルドア先生、

ハリーに手紙を渡しました。明日は入学に必要なものを買いに連れてゆきます。

ひどい天気です。お元気で。

ハグリッドより

ハグリッドは手紙をくるくるっと丸めてふくろうの嘴《くちばし》にくわえさせ、戸を開けて嵐の中に放った。そして、まるで電話でもかけたかのようにあたりまえの顔で、ソファにもどった。

ハリーはポカンと口を開けていることに気づいてあわてて閉じた。

「どこまで話したかな?」

とハグリッドが言ったとき、おじさんが灰色の顔に怒りの表情をあらわにし、暖炉の火の明るみにぐいと進み出た。

「ハリーは行かせんぞ」

「おまえのようなコチコチのマグルにこの子を引き止められるもんなら、拝見しようじゃないか」とハグリッドはうなった。

「マグル――なんて言ったの？」気になってハリーは聞いた。

「マグルだよ。連中のような魔法族ではない者をおれらはそう呼ぶ。よりによって、おれの見た中でも最悪の、極めつきの大マグルの家で育てられるなんて、おまえさんも不運だったなぁ」

「ハリーを引き取ったとき、くだらんゴタゴタはおしまいにするとわしらは誓った。この子の中からそんなものはたたき出してやると誓ったんだ！　魔法使いなんて、まったく！」

「知ってたの？　おじさん、僕があの、ま、魔法使いだってこと、知ってたの？」

突然ペチュニアおばさんがかん高い声を上げた。

「知ってたかですって？　ああ、知ってたわ。知ってましたとも！　あの癪《しゃく》な妹がそうだったんだから、おまえだってそうに決まってる。妹にもちょうどこれと同じような手紙がきて、さっさと行っちまった……その学校とやらへね。休みで帰ってきたときには、ポケットはカエルの卵でいっぱいだし、コップをねずみに変えちまうし。私だけは、妹の本当の姿を見てたんだよ……奇人だって。ところがどうだい、父も母も、やれリリーそれリリーって、わが家に魔女がいるのがさも自慢そうに」

おばさんはここで大きく息を吸い込むと、何年もがまんしていたものを吐き出すように一気にまくしたてた。

「そのうち学校であのポッターに出会って、二人ともどっかへ行って結婚した。そしておまえが生まれたんだ。ええ、ええ、知ってましたとも。おまえも同じだろうってね。同じように変てこりんで、同じように……まともじゃないってね。それから妹は、自業自得で殺されちまった。おかげで私たちは、おまえを押しつけられたってわけさ！」

ハリーは真っ青で声も出ない。やっと口がきけるようになったとき、さけぶように言った。

「殺された？　自動車事故で死んだって言ったじゃない！」

「自動車事故！」

ハグリッドはソファからいきなり立ち上がり、怒りのうなり声を上げた。ダーズリー親子はあわててまた隅の暗がりに逃げもどった。

「自動車事故なんぞで、リリーやジェームズ・ポッターが死ぬわけがなかろう。なんたる屈辱！　なんたる恥辱！　魔法界の子供は一人残らずハリーの名前を知っているというのに、ハリー・ポッター自身が自分のことを知らんとは！」

た。

「でも、どうしてなの？　いったいなにがあったの？」ハリーは急き込んでたずねた。

ハグリッドの顔から怒りが消え、急に気づかわしげな表情になった。

「こんなことになろうとは――」ハグリッドの声は低く、物憂げだった。

「ダンブルドアが、おまえさんを捕まえるのに苦労するかもしれん、と言いなさったが、まさかおまえさんがこれほど知らんとはなぁ。ハリーや、おまえに話して聞かせるのは、おれには荷が重すぎるかもしれん……だが、だれかがやらにゃ……なにも知らずにホグワーツに行くわけにはいくまいて」

ハグリッドはダーズリー親子をじろっと見た。

「さあ、おれが知ってることをおまえさんに話すのが一番いいじゃろう……ただし、すべてを話すことはできん。まだ謎に包まれたままのところがあるんでな……」

ハグリッドは腰を下ろし、しばらくじいっと火を見つめていたが、やがて語り出した。

「事の起こりは、ある魔法使いからだと言える。名前は……こりゃいかん。おまえはその名を知らん。我々の世界じゃみんな知っとるのに……」

「だれなの？」

「さて……できれば名前を口にしたくないもんだ。だれもがそうなんじゃが」

「どうしてなの？」

「どうもこうも、ハリーや、みんな、いまだに恐れとるんだよ。いやはや、こりゃ困った。いいかな、ある魔法使いがおってな、悪の道に走ってしまったわけだ……悪も悪、とことん悪、悪よりも悪とな。その名は……」ハグリッドは一瞬息を詰めた、が、言葉にならなかった。

「名前を書いてみたら？」ハリーが促した。

「うんにゃ、名前の綴《つづ》りがわからん。言うぞ、それっ！　ヴォルデモート」

ハグリッドは身震いした。

「二度と口にさせんでくれ。そういうこった。もう二十年も前になるが、この魔法使いは仲間を集めはじめた。何人かは仲間に入った……恐れて入った者もいたし、そいつがどんどん力をつけていたので、おこぼれにあずかろうとした者もいた。暗黒の日々じゃよ、ハリー。だれを信じていいかわからん。知らない連中とはとても友達になろうなんて考えられん……恐ろしいことがいろいろ起こった。我々の世界をそいつが支配するようになった。もちろん、立ち向かう者もいた……だが、みんな殺された。恐ろしや……残された数少ない安全な場所がホグワーツだった。ダンブルドアだけは、『例のあの人』も一目置いていた。学校にだけはさすがに手出しができんかった。そのときはな。そういうこった。

おまえの父さん母さんはな、おれの知っとる中で一番すぐれた魔法使いと魔女だったよ。在学中は、二人ともホグワーツの首席だった！『あの人』が、なんでもっと前に二人を味方に引き入れようとしなかったのか、謎じゃて……だが二人はダンブルドアと親しいし、闇の世界とはかかわるはずがないと知っとったんだろうな。

あやつは二人を説得できると思ったか……それとも邪魔者として片づけようと思ったのかもしれん。ただわかっているのは、十年前のハロウィーンに、おまえさんたち三人が住んでいる村にあやつが現れたってことだけだ。おまえさんは一歳になったばかりだったよ。やつがおまえさんたちの家にやってきた。そして……そして……」

ハグリッドは突然水玉模様の汚いハンカチを取り出し、ボアーッと霧笛のような音を響かせて鼻をかんだ。

「すまん。だが、ほんとに悲しかった……おまえの父さん母さんのようないい人はどこを探したっていやしない……そういうこった。

『あの人』は二人を殺した。そしてだ、そしてこれがまったくの謎なんだが……やつはおまえさんも殺そうとした。きれいさっぱりやってしまおうというつもりだったんだろうな。もしかしたら、殺すこと自体を楽しむようになっていたのかもしれん。ところができんかった。おまえの額《ひたい》の傷痕がどうしてできたか不思議に思ったことはありゃせんか？　並みの切り傷じゃない。強力な悪の呪いにかけられたときにできる傷だ。おまえの父さん母さんを殺し、家までめちゃめちゃにした呪いが、おまえにだけは効かんかった。ハリーや、だからおまえさんは有名なんだよ。あやつが目をつけた者で生き残ったのは一人もいない……おまえさん以外はな。当時最も力のあった魔法使いや魔女が何人も殺された……マッキノン家、ボーン家、プルウェット家……なのに、まだほんの赤ん坊のおまえさんだけが生き残った」

ハリーの心に言い知れぬ痛みが走った。ハグリッドが語り終わったとき、ハリーはあの目もくらむような緑の閃光《せんこう》を見た。これまでに思い出したときよりずっと鮮烈に……そして、これまで一度も思い出さなかったことまで、はじめて思い出した。冷たい、残忍な高笑いを。

ハグリッドは沈んだ目でハリーを見ながら話を続けた。

「ダンブルドアの言いつけで、このおれが、おまえさんを壊れた家から連れ出し、この連中のところへ連れてきた……」

「ばかばかしい」

バーノンおじさんの声がした。ハリーは飛び上がった。ダーズリー親子がいることをすっかり忘れていた。おじさんはどうやら勇気を取りもどしたらしい。拳をにぎりしめ、ハグリッドをはたと睨《にら》みつけた。

「いいか、よく聞け、小僧」おじさんがうなった。

「たしかにおまえは少々おかしい。だが、おそらく、みっちりたたきなおせば治るだろう……おまえの両親の話だが、まちがいなく、妙ちくりんな変人だ。連中のようなのはいないほうが、世の中が少しはましになるとわしは思う。――あいつらは身から出た錆《さび》、魔法使いなんて変な仲間と交わるからだ……思ったとおり、常々ろくな死に方はせんと思っておったわ……」

そのとき、ハグリッドがソファからガバッと立ち上がり、コートから使い古したピンクの傘を取り出した。傘を刀のようにバーノンに突きつけながら言った。

「それ以上一言でも言ってみろ、ダーズリー。ただじゃすまんぞ」

ひげモジャの大男に傘で串刺しにされる危険を感じ、バーノンおじさんの勇気はまたもやしぼみ、壁に張りついて黙ってしまった。

「それでいいんだ」

ハグリッドは息を荒らげてそう言うと、ソファに座りなおした。ソファはついに床まで沈み込んでしまった。

ハリーはまだまだ聞きたいことが山のようにあった。

「でもヴォル……あ、ごめんなさい……『あの人』はどうなったの?」

「それがわからんのだ。ハリー。消えたんだ。消滅だ。おまえさんを殺そうとしたその夜にな。だからおまえはいっそう有名なんだよ。最大の謎だ。なぁ……あやつはますます強くなっていた……なのに、なんで消えなきゃならん?

あやつが死んだという者もいる。だが、おれに言わせりゃ、くそくらえだ。やつに人間らしさのかけらでも残っていれば死ぬこともあろうさ。まだどこかにいて、時の来るのを待っているという者もいるな。おれはそうは思わん。やつに従っていた連中は我々のほうにもどってきた。夢から覚めたようにもどってきた者もいる。やつがふたたび姿を現すというなら、そんなことはできまい。

やつはまだどこかにいるが、力を失ってしまった、そう考えている者が大多数だ。もうなにもできないぐらい弱っているとな。ハリーや、おまえさんのなにかが、あやつを降参させたからだよ。あの晩、あやつが考えてもみなかったなにかが起きたんだ……おれにはなにかはわからんが。だれにもわからんが……しかし、おまえさんのなにかがやつに参ったと言わせたのだけは確かだ」

ハグリッドはやさしさと敬意に輝くまなざしでハリーを見た。ハリーは喜ぶ気にも、誇る気にもなれなかった。むしろ、とんでもないまちがいだという思いのほうが強かった。魔法使いだって？　この僕が？　そんなことがありえるだろうか。ダドリーになぐられ、バーノンとペチュニアのおじおば夫婦にいじめられてきたというのに。もし本当に魔法使いなら、物置に閉じ込められそうになるたび、どうして連中をいぼいぼヒキガエルに変えられなかったんだろう？　昔、世界一強い魔法使いをやっつけたと言うなら、どうしてダドリーなんかがおもしろがって僕をサッカーボールのように蹴っていじめられる？

「ハグリッド」ハリーは静かに言った。

「きっとまちがいだよ。僕が魔法使いだなんて、ありえないよ」

驚いたことに、ハグリッドはクスクス笑った。

「魔法使いじゃないって？　えっ？　おまえが怖かったとき、怒ったとき、なにも起こらなかったか？」

ハリーは暖炉の火を見つめた。そう言えば……おじやおばをカンカンに怒らせたおかしな出来事は、ハリーが困ったとき、腹を立てたときに起こった……ダドリー軍団に追いかけられたときは、どうやったのかわからないが、連中の手の届かないところに逃げられたし……ちんちくりんな髪に刈り上げられて学校に行くのがとてもいやだったとき、髪はあっという間に元通りに伸びた……最後にダドリーになぐられたときも、自分ではそうとは気づかずに仕返しをしたんじゃないか？　大ニシキヘビにダドリーを襲わせたじゃないか。

ハリーはハグリッドに向かってほほえんだ。ハグリッドも、そうだろうという顔でにっこりした。

「なぁ？　ハリー・ポッターが魔法使いじゃないなんて、そんなことはないぞ……見ておれ。おまえさんはホグワーツですごく有名になるぞ」

だが、バーノンおじさんはおとなしく引き下がりはしなかった。

「行かせん、と言ったはずだぞ」食いしばった歯の間から声が漏れた。

「こいつはストーンウォール校に行くんだ。そして、やがてはそれを感謝するだろう。わしは手紙を読んだぞ。準備するのはばかばかしいものばかりだ……呪文の本だの魔法の杖だの、それに……」

「この子が行きたいと言うなら、おまえのようなコチコチのマグルなんかに止められるもんか」

ハグリッドがうなった。

「リリーとジェームズの息子、ハリー・ポッターがホグワーツに行くのを止めるだと。たわけが。ハリーの名前は生まれたときから入学名簿に載っておる。世界一の魔法使いと魔女の名門校に入るんだ。七年経てば、見ちがえるようになろう。これまでとちがって、同じ仲間の子供たちとともに過ごすんだ。しかも、ホグワーツの歴代校長の中で最も偉大なアルバス・ダンブルドア校長の下でな」

「変人のまぬけじじいが小僧に魔法を教えるのに、わしは金なんか払わんぞ！」とバーノンおじさんがさけんだ。

ついに言葉がすぎたようだ。ハグリッドは傘をつかんで、頭の上でぐるぐる回した。

「絶対に――」

雷のような声だった。

「おれの……前で……アルバス……ダンブルドアを……侮辱するな！」

ハグリッドはヒューッと傘を振り下ろし、ダドリーにその先端を向けた。一瞬、紫色の光が走り爆竹のような音がしたかと思うと、鋭い悲鳴がして、次の瞬間、ダドリーは太ったお尻を両手で押さえ、痛みでわめきながら床の上を飛び跳ねていた。ダドリーが後ろ向きになったとき、ハリーは見た。ズボンの穴から突き出ているのは、くるりと丸まった豚のしっぽだった。

バーノンおじさんはさけび声を上げて、ペチュニアおばさんとダドリーを隣の部屋に引っ張っていった。最後にもう一度怖々《こわごわ》ハグリッドを見ると、おじさんはドアをバタンと閉めた。

ハグリッドは傘を見下ろし、ひげをなでた。

「癇癪《かんしゃく》を起こすんじゃなかった」

ハグリッドは悔やんでいた。

「じゃが、いずれにしてもうまくいかんかった。豚にしてやろうと思ったんだが、もともとあんまりにも豚にそっくりなんで、変えるところがなかった」

ぼさぼさ眉毛の下からハリーを横目で見ながら、ハグリッドが言った。

「ホグワーツではいまのことをだれにも言わんでくれるとありがたい。おれは……その……厳密に言えば、魔法を使っちゃならんことになっとるんで。おまえさんを追いかけて、手紙を渡したりいろいろするのに、少しは使ってもいいとお許しが出た……この役目をすすんで引き受けたのも、一つにはそれがあったからだが……」

「どうして魔法を使っちゃいけないの？」とハリーが聞いた。

「ふむ、まあ――おれもホグワーツ出身で、ただ、おれは……その……実は退学処分になったんだ。三年生のときにな、杖を真っ二つに折られた。だが、ダンブルドアが、おれを森の番人としてホグワーツにいられるようにしてくださった。偉大なお方だ。ダンブルドアは」

「どうして退学になったの?」

「もう夜も遅い。明日は忙しいぞ」

ハグリッドは大きな声で言った。

「町へ行って、教科書やらなにやら買わんとな」

ハグリッドは分厚いコートを脱いで、ハリーに放ってよこした。

「それをかけて寝るといい。ちいとばかりモゴモゴ動いても気にするなよ。どっかのポケットにヤマネが二、三匹入っているはずだ」

第５章　ダイアゴン横丁

翌朝、ハリーは早々に目を覚ました。朝の日射しの訪れに気づいてはいたが、ハリーは目を固く閉じたままでいた。

「夢だったんだ」

ハリーはきっぱりと自分に言い聞かせた。

「ハグリッドっていう大男がやってきて、僕が魔法使いの学校に入るって言ってたけど、あれは夢だったにちがいない。目を開ければ、きっといつもの物置の中にいるんだ」

そのとき、戸をたたく大きな音がした。

「ほら、ペチュニアおばさんが戸をたたいている」

ハリーの心は沈んだ。それでもまだ目を開けなかった。いい夢だったのに……。

トン、トン、トン。

「わかったよ。起きるよ」ハリーはもごもごと言った。

体を起こすと、ハグリッドの分厚いコートがハリーから滑り落ちた。小屋の中はこぼれるような陽《ひ》の光だった。嵐は過ぎた。ハグリッドはぺしゃんこになったソファーで眠っている。ふくろうが足の爪で窓ガラスをたたいていた。嘴《くちばし》に新聞をくわえている。

ハリーは急いで立ち上がった。うれしくて、胸の中で風船が大きくふくらんだ。真っ直ぐ窓辺まで行き、窓を開け放つ。ふくろうがスイーッと入ってきて、新聞をハグリッドの上にポトリと落とした。ハグリッドはそれでも起きない。ふくろうはひらひらと床に舞い降り、ハグリッドのコートを激しく突つきはじめた。

「だめだよ」

ハリーがふくろうを追いはらおうとすると、ふくろうは鋭い嘴をハリーに向けてカチカチ言わせ、獰猛《どうもう》にコートを襲い続けた。

「ハグリッド、ふくろうが……」

ハリーは大声で呼んだ。

「金を払ってやれ」

ハグリッドはソファーに顔を埋《うず》めたままもごもご言った。

「えっ？」

「新聞配達料だ。ポケットの中を見てくれ」

ハグリッドのコートは、ポケットをつないで作ったのではと思えるほどにポケットだらけだ……鍵束、ナメクジ駆除剤、紐《ひも》の玉、ハッカ・キャンディー、ティーバッグ……そしてやっと、ハリーは奇妙なコインを一つかみ引っ張り出した。

「五クヌートやってくれ」

ハグリッドの眠そうな声がした。

「クヌート？」

「小さい銅貨だよ」

ハリーは小さい銅貨を五枚数えた。差し出されたふくろうの足には、小さい革の袋がくくりつけてある。お金を入れるとふくろうは、開け放たれた窓から飛び去っていった。

ハグリッドは大声であくびをしながら起き上がり、もう一度伸びをした。

「出かけようか、ハリー。今日は忙しいぞ。ロンドンまで行って、おまえさんの入学用品を揃えんとな」

ハリーは魔法使いのコインを、いじりながらしげしげと見つめていた。そしてその瞬間、あることに気がついた。とたんに、幸福の風船が胸の中でパチンとはじけたような気持ちになった。

「あのね……ハグリッド」

「ん？」

ハグリッドはどでかいブーツをはきながら聞き返した。

「僕、お金がないんだ……それに、きのうバーノンおじさんから聞いたでしょう。僕が魔法の勉強をしにいくのにはお金は出さないって」

「そんなことは心配いらん」

ハグリッドは立ち上がって頭をゴソゴソかきながら言った。

「おまえの父さん母さんがなんにも残していかなかったと思うのか？」

「でも、家が壊されて……」

「まさか！　家の中に金なんぞ置いておくものか。さあ、まずは魔法使いの銀行、グリンゴッツへ行くぞ。ソーセージをお食べ。冷めてもなかなかいける。……それに、おまえさんのバースデーケーキを一口、なんてのも悪くないね」

「魔法使いの世界には銀行まであるの？」

「一つしかないがね。グリンゴッツだ。小鬼が経営しとる」

「こ・お・に？」

ハリーは持っていた食べかけソーセージを落としてしまった。

「そうだ……だから、銀行強盗なんて狂気の沙汰だ、ほんに。小鬼ともめ事を起こすべからずだよ、ハリー。なにかを安全にしまっておくには、グリンゴッツが世界一安全な場所だ。たぶん、ホグワーツ以外ではな。実は、ほかにもグリンゴッツに行かにゃならん用事があってな。ダンブルドアに頼まれて、ホグワーツの仕事だ」

ハグリッドは誇らしげに反り返った。

「ダンブルドア先生は大切な用事をいつもおれに任せてくださる。おまえさんを迎えにきたり、グリンゴッツからある物を持ってきたり……おれを信用していなさるな？」

「忘れ物はないかな。そんじゃ、出かけるとするか」

ハリーはハグリッドについて岩の上に出た。空は晴れ渡り、海は陽の光に輝いていた。バーノンおじさんが借りた船はまだそこにあったが、嵐で船底は水浸しだった。

「どうやってここにきたの？」

もう一艘《いっそう》、船があるかと見回しながらハリーが聞いた。

「飛んできた」

「飛んで？」

「そうだ……だが、帰り道はこの船だな。おまえさんを連れ出したあとは、もう魔法は使えないことになっとる」

二人は船に乗り込んだ。この大男がどんなふうに飛ぶんだろうと想像しながら、ハリーはハグリッドをまじまじと見つめていた。

「しかし、漕《こ》ぐっちゅうのも癪《しゃく》だな」

ハグリッドはハリーにちらっと目配せした。

「まあ、なんだな、ちょっくら……えー、急ぐことにするが、ホグワーツではばらさんでくれるか？」

「もちろんだよ」

ハリーは魔法が見たくてうずうずしていた。ハグリッドはまたしてもピンクの傘を取り出して、船べりを二度たたいた。すると、船は滑るように岸に向かった。

「グリンゴッツを襲うのはどうして狂気の沙汰なの？」

「呪い……呪縛《じゅばく》だな」

ハグリッドは新聞を広げながら答えた。

「噂《うわさ》では、重要な金庫はドラゴンが守っているということだ。それに、道に迷うさ──グリンゴッツはロンドンの地下数百キロのところにある。な？　地下鉄より深い。なんとか欲しいものを手に入れたにしても、迷って出てこられなけりゃ、餓死するしかないわな」

ハグリッドが『日刊予言者新聞《にっかんよげんしゃしんぶん》』を読む間、ハリーは黙っていま聞いたことを考えていた。新聞を読む間は邪魔されたくないもの、ということはバーノンおじさんから学んではいたが、黙っているのはつらかった。生まれてこのかた、こんなにたくさん質問が浮かんできたことはない。

「魔法省がまた問題を起こした」

ハグリッドがページをめくりながらつぶやいた。

「魔法省なんてのがあるの？」

ハリーは思わず質問してしまった。

「あるさ。当然、ダンブルドアを大臣にと請《こ》われたんだがな、ホグワーツを離れなさるわけがない。そこでコーネリウス・ファッジなんてのが大臣になってな。あんなにドジなやつもめずらしい。毎朝ふくろう便を何羽も出してダンブルドアにしつこくお伺いをたてとるよ」

「でも、魔法省って、いったいなにするところなの?」

「そうさな、一番の仕事は魔法使いや魔女があちこちにいるんだってことを、マグルに秘密にしておくことだ」

「どうして?」

「どうしてって? そりゃあおまえ、みんなすぐ魔法で物事を解決したがるようになるじゃろうが。うんにゃ、我々はかかわり合いにならんのが一番いい」

そのとき、船は港の岸壁にコツンと当たった。ハグリッドは新聞をたたみ、二人は石段を登って道に出た。

小さな町を駅に向かって歩く途中、道行く人がハグリッドをじろじろと見た。むりもない。ハグリッドときたら、並みの人の二倍も大きいというだけでなく、パーキングメーターのようなごくあたりまえの物を指さしては、大声で、「あれを見たか、ハリー。マグルの連中が考えることときたら、え?」などと言うのだから。

「ねえ、ハグリッド。グリンゴッツにドラゴンがいるって言ったね」

ハリーはハグリッドに遅れまいと小走りで、息をはずませながらたずねた。

「ああ、そう言われとる。おれはドラゴンが欲しい。いやまったく」

「欲しい?」

「ガキのころからずうっと欲しかった。……ほい、着いたぞ」

駅に着いた。あと五分でロンドン行きの電車が出る。ハグリッドは「マグルの金《かね》」はわからんと、ハリーに紙幣を渡し、二人分の切符を買わせた。

電車の中では、ハグリッドはますます人目をひいた。二人分の席を占領して、カナリア色のサーカスのテントのようなものを編みはじめたのだ。

「ハリー、手紙を持っとるか?」

編み目を数えながらハグリッドが聞いた。

ハリーは羊皮紙《ようひし》の封筒をポケットから取り出した。

「よし、よし。そこに必要なもののリストがある」

ハリーは、昨夜は気づかなかった二枚目の紙を広げて読み上げた。

ホグワーツ魔法魔術学校

制服

一年生は次のものが必要です。

一、普段着のローブ　三着（黒）
二、普段着の三角帽（黒）一個　昼用
三、安全手袋（ドラゴンの革またはそれに類するもの）一組
四、冬用マント一着（黒。銀ボタン）
衣類にはすべて名前をつけておくこと。

教科書
全生徒は次の本を各一冊準備すること。
『基本呪文集（一学年用）』ミランダ・ゴズホーク著
『魔法史』バチルダ・バグショット著
『魔法論』アドルバート・ワフリング著
『変身術入門』エメリック・スィッチ著
『薬草ときのこ千種』フィリダ・スポア著
『魔法薬調合法』アージニウス・ジガー著
『幻の動物とその生息地』ニュート・スキャマンダー著
『闇の力――護身術入門』クエンティン・トリンブル著

その他学用品
杖《つえ》（一）
大鍋《おおなべ》（錫《すず》製、標準2型）（一）
ガラス製またはクリスタル製の薬瓶《くすりびん》（一組）
望遠鏡（一）
真鍮《しんちゅう》製秤《はかり》（一組）

ふくろう、または猫、またはヒキガエルを持ってきてもよい。

一年生は個人用箒《ほうき》の持参の許されていないことを、保護者はご確認ください。

「こんなのが全部ロンドンで買えるの？」
思ったことがつい声に出てしまった。
「どこで買うか、知ってればな」ハグリッドは答えた。

ハリーにとってはじめてのロンドンだった。ハグリッドは、目的地だけはわかっているらしかったけれど、そこへ向かう途中の行動となると、普通の人とはまったくかけ離れたものだった。地下鉄の改札口が小さすぎてつっかえたり、席が狭いの、電車がのろいのと大声で文句を言ったり。

「マグルの連中は魔法なしでよくやっていけるもんだ」

故障して動かないエスカレーターを上りながらもハグリッドは文句をつけた。

外に出ると、そこは店が建ち並ぶにぎやかな通りだった。

ハグリッドは大きな体で悠々と人込みをかき分けて進むので、ハリーは後ろにくっついて行きさえすればよかった。本屋の前を通り、楽器店、ハンバーガー屋、映画館を通り過ぎたが、どこにも魔法の杖を売っていそうな店はなかった。ごく普通の人でにぎわう、ごく普通の街だ。この足の下、何キロもの地下に、本当に魔法使いの金貨の山が埋められているのだろうか。呪文の本や魔法の箒を売る店が本当にあるのだろうか。みんなダーズリー親子がでっち上げた悪い冗談ではないのか。でもダーズリー親子にはユーモアのかけらもない。だから冗談であるはずがない。ハグリッドの話は始めから終りまで信じられないようなことばかりだったけれど、なぜかハリーはハグリッドなら信用できた。

「ここだ」

ハグリッドは立ち止まった。

『漏《も》れ鍋《なべ》』──有名な店だ」

ちっぽけな薄汚れたパブだった。ハグリッドに言われなかったら、きっと見逃してしまっただろう。足早に道を歩く人たちも、パブの隣にある本屋から反対隣にあるレコード店へと目を移し、真ん中の「漏れ鍋」にはまったく目もくれない。──変だな、ハグリッドと自分にしか見えないんじゃないか、とハリーは思った。しかしそれを口にする前に、ハグリッドがハリーを中へと促した。

有名な店にしては、暗くてみすぼらしい。隅のほうにおばあさんが二、三人腰掛けて小さなグラスでシェリー酒を飲んでいた。一人は長いパイプをくゆらしている。小柄な、シルクハットをかぶった男がバーテンのじいさんと話している。じいさんはハゲていて、歯の抜けたクルミのような顔をしている。二人が店に入ると、低いガヤガヤ声が止まった。みんなハグリッドを知っているようだった。手を振ったり、笑いかけたりしてくる。バーテンはグラスに手を伸ばし、「大将、いつものやつかい？」と聞いた。

「トム、だめなんだ。ホグワーツの仕事中でね」

ハグリッドは大きな手でハリーの肩をパンパンたたきながらそう言った。ハリーは膝《ひざ》がカクンとなった。

「なんと。こちらが……いやこの方が……」

バーテンはハリーをじっと見た。「漏《も》れ鍋《なべ》」は急に水を打ったように静かになった。

「やれうれしや！」

バーテンのじいさんはささやくように言った。

「ハリー・ポッター……なんたる光栄……」

バーテンは急いでカウンターから出てきてハリーに駆け寄ると、涙を浮かべてその手をにぎった。

「お帰りなさい。ポッターさん。本当にようこそお帰りで」

ハリーはなんと言ってよいかわからなかった。みんなが自分を見ている。パイプのおばあさんなど、火が消えているのにも気づかず吹かし続けている。ハグリッドは誇らしげににっこりしている。

やがてあちらこちらで椅子を動かす音がして、パブにいた全員がハリーに握手を求めてきた。

「ドリス・クロックフォードです。ポッターさん。お会いできるなんて、信じられないぐらいです」

「なんて光栄な。ポッターさん。光栄です」

「あなたと握手したいと願い続けてきました……舞い上がっています」

「ポッターさん。どんなにうれしいか、うまく言えません。ディグルです。ディーダラス・ディグルと言います」

「僕、あなたに会ったことがあります。お店で一度僕にお辞儀してくれましたよね」

ハリーがそう言うと、ディーダラス・ディグルは興奮のあまりシルクハットを取り落とした。

「覚えていてくださった！　みんな聞いたかい？　覚えていてくださったんだ」

ディーダラス・ディグルはみなを見回してさけんだ。

ハリーは次から次と握手した。ドリス・クロックフォードなどは何度も握手を求めてきた。青白い顔の若い男が、いかにも神経質そうに進み出た。片方の目がピクピク痙攣《けいれん》している。

「クィレル教授！」

ハグリッドが言った。

「ハリー、クィレル先生はホグワーツの先生だよ」

「ポ、ポ、ポッター君」

クィレル先生はハリーの手をにぎり、どもりながら言った。

「お会いできて、ど、どんなに、う、うれしいか」

「クィレル先生、どんな魔法を教えていらっしゃるんですか?」

「や、や、闇の魔術に対するぼ、ぼ、防衛です」

教授は、まるでそのことは考えたくないとでもいうようにボソボソ言った。

「君にそれがひ、必要だというわけではな、ないがね。え? ポ、ポ、ポッター君」

教授は神経質そうに笑った。

「学用品をそ、揃えにきたんだね? わ、私も、吸血鬼の新しいほ、本をか、買いにいく、ひ、必要がある」

教授は自分の言ったことにさえ脅《おび》えているようだった。

みなが寄ってくるので、教授がハリーをひとり占めにはできなかった。それから十分ほど、ハリーはみなに囲まれてその場を離れることができなかった。ガヤガヤ大騒ぎの中で、ハグリッドの声がようやくみんなの耳に届いた。

「もう行かんと……買い物がごまんとあるぞ。ハリー、おいで」

ドリス・クロックフォードがまたまた最後の握手を求めてきた。

ハグリッドはパブを通り抜け、壁に囲まれた小さな中庭にハリーを連れ出した。ゴミ箱と雑草が二、三本生えているだけの庭だ。

ハグリッドはハリーに向かって、うれしそうに笑いかけながら言った。

「ほら、言ったとおりだろ？　おまえさんは有名だって。クィレル先生まで、おまえに会ったときは震えてたじゃないか……もっとも、あの人はいっつも震えてるがな」

「あの人、いつもあんなに神経質なの？」

「ああ、そうだ。哀れなものよ。秀才なんだが。本を読んで研究しとったときはよかったんだが、一年間実地に経験を積むっちゅうことで休暇を取ってな……どうやら黒い森で吸血鬼に出会ったらしい。その上、鬼ババとの間にいやーなことがあったらしい……それ以来だ、人が変わってしもうた。生徒を怖がるわ、自分の教えてる科目にもビクつくわ……さてと、おれの傘はどこかな？」

吸血鬼？　鬼ババ？　ハリーは頭がくらくらした。ハグリッドはといえば、ゴミ箱の上の壁のレンガを数えている。

「三つ上がって……横に二つ……」

ブツブツ言っている。

「よしと。ハリー下がってろよ」

ハグリッドは傘の先で壁を三度たたいた。するとたたかれたレンガが震え、次にクネクネと揺れた。そして真ん中に小さな穴が現れたかと思うとそれはどんどん広がり、次の瞬間、目の前に、ハグリッドでさえ十分に通れるほどのアーチ形の入口ができた。その向こうには石畳の通りが、曲がりくねって先が見えなくなるまで続いていた。

「ダイアゴン横丁にようこそ」

驚いているハリーの様子を見て、ハグリッドがにこーっと笑った。二人はアーチをくぐり抜けた。ハリーが急いで振り返ったときには、アーチは見る見る縮んで、硬いレンガ壁にもどるところだった。

そばの店の外に積み上げられた大鍋《おおなべ》に、陽の光がキラキラと反射している。上には看板がぶら下がっている。

鍋屋―大小いろいろあります―銅、真鍮《しんちゅう》、錫《すず》、銀―自動かき混ぜ鍋―折り畳み式

「一つ買わにゃならんが、まずは金を取ってこんとな」とハグリッドが言った。

目玉があと八つくらい欲しい、とハリーは思った。いろいろな物を一度に見ようと、四方八方をキョロキョロしながら横丁を歩いた。店、その外に並んでいるもの、買い物客も見たい。薬問屋の前で、小太りのおばさんが首を振り振りつぶやいていた。

「ドラゴンの肝《きも》、三十グラムが十七シックルですって。ばかばかしい……」

薄暗い店から、低い、静かなホーホーという鳴き声が聞こえてきた。看板が出ている。

イーロップのふくろう百貨店―森ふくろう、このはずく、めんふくろう、茶ふくろう、白ふくろう

ハリーと同い年ぐらいの少年が何人か、箒《ほうき》のショーウィンドウに鼻をくっつけて眺めている。なにか言っているのが聞こえる。

「見ろよ。ニンバス2000新型だ……超高速だぜ」

マントの店、望遠鏡の店、ハリーが見たこともない不思議な銀の道具を売っている店もある。

こうもりの脾臓《ひぞう》やうなぎの目玉の樽《たる》をうずたかく積み上げたショーウィンドウ。いまにも崩れてきそうな呪文の本の山。羽根ペンや羊皮紙《ようひし》、薬瓶《くすりびん》、月球儀《げっきゅうぎ》……。

「グリンゴッツだ」ハグリッドの声がした。

小さな店の立ち並ぶ中、ひときわ高くそびえる真っ白な建物があった。磨き上げられたブロンズ製の観音開きの扉の両わきに、真紅と金色の制服を着て立っているのは……。

「さよう、あれが小鬼だ」

そちらに向かって白い石段を登りながら、ハグリッドがヒソヒソ声で言った。小鬼はハリーより頭一つ小さい。浅黒い賢そうな顔つきに、先の尖《とが》った顎《あご》ひげ、それに、なんと手の指と足の先の長いこと。二人が入口に進むと、小鬼がお辞儀をした。中には二番目の扉がある。今度は銀色の扉で、なにか言葉が刻まれている。

見知らぬ者よ　入るがよい
欲のむくいを　知るがよい
奪うばかりで　稼がぬものは
やがてはつけを　払うべし

おのれのものに　あらざる宝
わが床下に　求める者よ
盗人《ぬすびと》よ　気をつけよ
宝のほかに　潜むものあり

「言ったろうが。ここから盗もうなんて、狂気の沙汰だわい」

ハグリッドが言った。

左右の小鬼が、銀色の扉を入る二人に一礼をくれた。中は広々とした大理石のホールだった。

百人を超える小鬼が、細長いカウンターの向こう側で、脚高《あしだか》の丸椅子に座り、大きな帳簿に書き込みをしたり、真鍮《しんちゅう》の秤《はかり》でコインの重さを計ったり、片メガネで宝石を吟味したりしていた。ホールに通じる扉は無数にあって、これまた無数の小鬼が出入りする人々を案内している。ハグリッドとハリーはカウンターに近づいた。

「おはよう」

ハグリッドが手のすいている小鬼に声をかけた。

「ハリー・ポッターさんの金庫から金を出しにきたんだが」

「鍵はお持ちでいらっしゃいますか?」

「おおっ、どっかにあるはずだが――」

ハグリッドはポケットをひっくり返し、中身をカウンターに出しはじめた。かびの生えたような犬用ビスケットが一つかみ、小鬼の経理帳簿にバラバラと散らばって、小鬼は鼻にしわを寄せた。ハリーは右手にいる小鬼が、まるで真っ赤に燃える石炭のような大きいルビーを山と積んで、次々に秤にかけているのを眺めていた。

「あった」

ハグリッドはやっと出てきた小さな黄金の鍵をつまみ上げた。

小鬼は、慎重に鍵を調べてから、「承知いたしました」と言った。

「それと、ダンブルドア教授からの手紙を預ってきとる」

ハグリッドは胸を張って、重々しく言った。

「七一三番金庫にある、例の物についてだが」

小鬼は手紙を丁寧に読むと、「了解しました」とハグリッドに返した。

「だれかに両方の金庫へ案内させましょう。グリップフック!」

グリップフックも小鬼だった。ハグリッドが犬用ビスケットを全部ポケットに詰め終えてから、二人はグリップフックに従ってホールから外に続く無数の扉の一つへと向かった。

「七一三番金庫の例の物って、なに？」ハリーが聞いた。

「それは言えん」

ハグリッドはいわくありげに言った。

「極秘じゃ。ホグワーツの仕事でな。ダンブルドアはおれを信頼してくださる。おまえさんにしゃべったりしたら、おれがクビになるだけではすまんよ」

グリップフックが扉を開けてくれた。ハリーはずっと大理石が続くと思っていたので驚いた。そこは松明《たいまつ》に照らされた細い石造りの通路だった。急な傾斜が下へと続き、床には小さな線路が設《しつら》えられてある。グリップフックが口笛を吹くと、小さなトロッコがこちらに向かって元気よく線路を上がってきた。三人は乗り込んだ……ハグリッドもなんとか収まった——発車。

くねくね曲がる迷路をトロッコはビュンビュン走った。ハリーは道を覚えようとした。左、右、右、左、三叉路《さんさろ》を直進、右、左、いや、とてもとても、とうていむりだ。グリップフックが舵取《かじと》りをしていないのに、トロッコは行き先を知っているかのように勝手にビュンビュン走っていく。

冷たい空気の中を風を切って走るので目がチクチクしたが、それでもハリーは目を大きく見開いたままでいた。一度は、行く手に火が吹き出したような気がして、もしやドラゴンではないかと身をよじって見てみたが、遅かった――トロッコはさらに深く潜っていった。地下湖のそばを通ると、巨大な鍾乳石《しょうにゅうせき》と石筍《せきじゅん》が天井と床からせり出していた。

「僕、いつもわからなくなるんだけど――」トロッコの音に負けないよう、ハリーはハグリッドに大声で呼びかけた。

「鍾乳石と石筍って、どうちがうの？」

「三文字と二文字のちがいだろ。頼む、いまはなんにも聞いてくれるな。吐きそうだ」

たしかに、ハグリッドは真っ青だ。ようやく小さな扉の前でトロッコは止まり、降りたハグリッドは、膝《ひざ》の震えの止まるまで通路の壁にもたれかかっていた。

グリップフックが扉の錠を開けた。緑色の煙がモクモクと吹き出してきた。それが消えたとき、ハリーはあっと息を呑《の》んだ。中には金貨の山また山。高く積まれた銀貨の山。そして小さなクヌート銅貨までザックザクだ。

「みーんなおまえさんのだ」ハグリッドはほほえんだ。

全部僕のもの……信じられない。ダーズリー一家はこのことを知らなかったにちがいない。知っていたら、瞬《またた》く間にかっさらっていっただろう。僕を養うのにお金がかかってしかたがないと、あんなに愚痴《ぐち》を言っていたんだもの。ロンドンの地下深くに、こんなにもたくさん僕の財産がずうっと埋められていたなんて。

ハグリッドはハリーがバッグに金を詰め込むのを手伝った。

「金貨はガリオンだ。銀貨がシックルで、十七シックルが一ガリオン、一シックルは二十九クヌートだ。簡単だろうが。よーしと。これで、二、三学期分は大丈夫だろう。残りはここにちゃーんとしまっといてやるからな」

ハグリッドはグリップフックに向きなおった。

「次は七一三番金庫を頼む。ところでもうちーっとゆっくり行けんか？」

「速度は一定となっております」

一行《いっこう》はさらに深く、さらにスピードを増して潜っていった。狭い角をすばやく回り込むたび、空気はますます冷えびえとしてきた。トロッコは地下渓谷の上をビュンビュン走った。暗い谷底になにがあるのかとハリーが身を乗り出してのぞき込むと、ハグリッドはうめき声を上げてハリーの襟首《えりくび》をつかんで引きもどした。

七一三番金庫には鍵穴がなかった。

「下がってください」

もったいをつけたグリップフックが長い指の一本で金庫の扉をそっとなでると、扉は溶けるように消え去った。

「グリンゴッツの小鬼以外の者がこれをやりますと、扉に吸い込まれて、中に閉じ込められてしまいます」とグリップフックが言った。

「中にだれか閉じ込められていないかどうか、ときどき調べるの?」とハリーは聞いた。

「十年に一度ぐらいでございます」

グリップフックはニヤリと笑った。こんなに厳重に警護された金庫だもの、きっと特別なすごいものがしまわれているにちがいない。ハリーは期待して身を乗り出した。少なくともまばゆい宝石かなにかが……。中を見た……なんだ、空っぽじゃないか、とはじめは思った。次に目に入ったのは、茶色の紙でくるまれた薄汚れた小さな包みだ。床に転がっている。ハグリッドはそれを拾い上げ、コートの奥深くしまい込んだ。ハリーはそれがいったいなんなのかを知りたくてたまらなかったが、聞かないほうがよいのだということはわかっていた。

「行くぞ。地獄のトロッコへ。帰り道は話しかけんでくれよ。おれは口を閉じているのが一番よさそうだからな」

もう一度猛烈なトロッコを乗りこなして、陽の光に目を瞬《しばたた》かせながら二人はグリンゴッツの外に出た。バッグいっぱいのお金を持って、まず最初にどこに行こうかとハリーは迷った。ポンドに換算したらいくらになるかなんて考えなくとも、ハリーはこれまでの人生で持ったことがないほどたくさんのお金を持っている……ダドリーでさえ持ったことがないほどの額だ。

「制服を買ったほうがいいな」

ハグリッドは、マダムマルキンの洋装店——普段着から式服まで、の看板を顎《あご》で指した。

「なあ、ハリー。『漏《も》れ鍋《なべ》』でちょっとだけ元気薬をひっかけてきてもいいかな？グリンゴッツのトロッコにはまいった」

ハグリッドは、まだ青い顔をしていた。ハグリッドといったんそこで別れ、ハリーはどぎまぎしながらマダム・マルキンの店にひとりで入っていった。

マダム・マルキンは、藤色ずくめの服を着た、愛想のよい、ずんぐりした魔女だった。

「坊ちゃん。ホグワーツなの？」

ハリーが口を開きかけたとたん、声をかけてきた。

「全部ここで揃いますよ……もう一人お若い方が丈を合わせているところよ」

店の奥では、青白い、顎の尖がった少年が踏台の上に立ち、もう一人の魔女が長い黒いローブをピンで留めていた。マダム・マルキンはハリーをその隣の踏台に立たせ、頭から長いローブを着せかけ、丈を合わせてピンで留めはじめた。

「やあ、君もホグワーツかい？」少年が声をかけた。

「うん」とハリーが答えた。

「僕の父は隣で教科書を買ってるし、母はどこかその先で杖《つえ》を見てる」

少年は気だるそうな、気取った話し方をする。

「これから、二人を引っ張って競技用の箒《ほうき》を見にいくんだ。一年生が自分の箒を持っちゃいけないなんて、理由《わけ》がわからないね。父を脅して一本買わせて、こっそり持ち込んでやる」

ダドリーにそっくりだ、とハリーは思った。

「君は自分の箒を持ってるのかい？」

少年はしゃべり続けている。

「ううん」

「クィディッチはやるの？」

「ううん」

クィディッチ？　いったいなんのことだろうと思いながらハリーは答えた。

「僕はやるよ――父は、僕が寮の代表選手に選ばれなかったらそれこそ犯罪だって言うんだ。僕もそう思うね。君はどの寮に入るかもう知ってるの？」

「ううん」

だんだん情けなくなりながら、ハリーは答えた。

「まあ、ほんとのところは、行ってみないとわからないけど。そうだろう？　だけど僕はスリザリンに決まってるよ。僕の家族はみんなそうだったんだから……ハッフルパフなんかに入れられてみろよ。僕なら入学を辞退するね。そうだろう？」

「うーん」

もうちょっとましな答えができたらいいのに、とハリーは思った。

「ほら、あの男を見てごらん！」

急に少年は窓を顎《あご》でしゃくった。ハグリッドが店の外に立っていた。ハリーを見てにっこりしながら、手に持った二本の大きなアイスクリームを指さし、これがあるから店の中には入れないよ、と手振りで示していた。

「あれ、ハグリッドだよ」

この少年の知らないことを自分が知っている、とハリーはうれしくなった。

「ホグワーツで働いてるんだ」

「ああ、聞いたことがある。一種の召使いだろ？」

「森の番人だよ」

時間が経てばたつほど、ハリーはこの少年が嫌いになっていた。

「そう、それだ。言うなれば野蛮人だって聞いたよ……学校の領地内のほったて小屋に住んでいて、しょっちゅう酔っぱらって魔法を使おうとしては、自分のベッドに火をつけるんだそうだ」

「彼って最高だと思うよ」ハリーは冷たく言い放った。

「へえ？」

少年は鼻先でせせら笑った。

「どうして君と一緒なの？　君の両親はどうしたの？」

「死んだよ」

ハリーはそれしか言わなかった。この少年に詳しく話す気にはなれない。

「おや、ごめんなさい」

謝っているような口ぶりではなかった。

「でも、君の両親も僕らと同族なんだろう？」

「うん、魔法使いと魔女だよ。そういう意味で聞いてるんなら」

「ほかの連中は入学させるべきじゃないと思うよ。そう思わないか？　連中は僕らと同じじゃないんだ。僕らのやり方がわかるような育ち方をしてないんだ。手紙をもらうまではホグワーツのことだって聞いたこともなかった、なんてやつもいるんだ。考えられないことだよ。入学は昔からの魔法使いの名門家族にかぎるべきだと思うけどね。君、名字はなんて言うの？」

ハリーが答える前に、マダム・マルキンが「さあ、終わりましたよ、坊ちゃん」と言ってくれたのを幸いに、ハリーは踏台からピョンと跳び降りた。この少年との会話をやめる口実ができて好都合だ。

「じゃ、ホグワーツでまた会おう。たぶんね」と気取った少年が言った。

店を出て、ハグリッドが持ってきたアイスクリームを食べながら（ナッツ入りのチョコレートとラズベリーアイスだ）、ハリーは黙りこくっていた。

「どうした？」ハグリッドが聞いた。

「なんでもないよ」

ハリーは嘘をついた。

次は羊皮紙《ようひし》と羽根ペンを買った。書いているうちに色が変わるインクを見つけて、ハリーはちょっと元気が出た。店を出てから、ハリーが聞いた。

「ねえ、ハグリッド。クィディッチってなあに？」

「なんと、ハリー。おまえさんがなんにも知らんということを忘れとった……クィディッチを知らんとは！」

「これ以上落ち込ませないでよ」

ハリーはマダム・マルキンの店で出会った青白い少年の話をした。

「……その子が言うんだ。マグルの家の子は、いっさい入学させるべきじゃないって……」

「おまえはマグルの家の子じゃねえ。おまえが何者なのかその子がわかっていたらなあ……その子だって、親が魔法使いなら、おまえさんの名前を聞きながら育ったはずだ……魔法使いならだれだって、『漏《も》れ鍋《なべ》』でおまえさんが見たとおりなんだよ。とにかくだ、そのガキになにがわかる。おれの知ってる最高の魔法使いの中には、長いことマグルの家系が続いて、急にその子だけが魔法の力を持ったという者もおるぞ……おまえの母さんを見ろ！　母さんの姉御がどんな人間か見てみろ！」

「それで、クィディッチって？」

「おれたちのスポーツだ。魔法族のスポーツだよ。マグルの世界じゃ、そう、サッカーだな――だれだってクィディッチの試合に夢中だ。箒《ほうき》に乗って空中でゲームをやる。ボールは四つあって……ルールを説明するのはちいっと難しいなあ」

「じゃ、スリザリンとハッフルパフって？」

「学校の寮の名前だ。四つあってな。ハッフルパフには劣等生が多いとみんなは言うが、しかし……」

「僕、きっとハッフルパフだ」ハリーは落ち込んだ。

「スリザリンよりはハッフルパフのほうがましだ」ハグリッドの表情が暗くなった。

「悪の道に走った魔法使いや魔女は、みんなスリザリン出身だ。『例のあの人』もそうだ」

「ヴォル……あ、ごめん……『あの人』もホグワーツだったの？」

「昔々のことさ」

次に教科書を買った。「フローリシュ・アンド・ブロッツ書店」は、天井まで書棚に本がぎっしり積み上げられていた。敷石《しきいし》ぐらいの大きな革製本やシルクの表紙で切手ぐらいの大きさの本もあり、奇妙な記号ばかりの本があるかと思えば、なんにも書いてない本もあった。本など読んだことがないダドリーでさえ、夢中で触ったにちがいないと思う本もいくつかあった。ハグリッドは、ヴィンディクタス・ヴェリディアン著『呪《のろ》いのかけ方、解き方——友人をうっとりさせ、最新の復讐方法で敵を困らせよう——ハゲ、クラゲ脚、舌もつれ、その他あの手この手——』を読みふけっているハリーを、引きずるようにして連れ出さなければならなかった。

「僕、どうやってダドリーに呪いをかけたらいいか調べてたんだよ」

「それが悪いっちゅうわけではないが、マグルの世界ではよっぽど特別な場合でないと魔法を使えんことになっておる。それにな、呪いなんておまえさんにはまだどれもむりだ。そのレベルになるにはもっとたぁくさん勉強せんとな」

ハグリッドは「リストに錫《すず》の鍋《なべ》と書いてあるだろが」と言って純金の大鍋も買わせてくれなかった。そのかわり、魔法薬の材料を計る秤《はかり》は上等なのをひと揃え買ったし、真鍮《しんちゅう》製の折り畳み式望遠鏡も買った。次は薬問屋に入った。悪くなった卵と腐ったキャベツの混じったようなひどい臭いがしたが、そんなことは気にならないほどおもしろいところだった。ヌメヌメしたものが入った樽詰《たるづめ》が床に立ち並び、壁には薬草や乾燥させた根、鮮やかな色の粉末などが入った瓶《びん》が並べられ、天井からは羽根の束、牙《きば》やねじ曲がった爪が糸に通してぶら下げられている。カウンター越しにハグリッドが基本的な材料を注文している間、ハリーは、一本二十一ガリオンの銀色の一角獣《ユニコーン》の角や、小さな、黒いキラキラした黄金虫の目玉（一さじ五クヌート）をしげしげと眺めていた。

薬問屋から出て、ハグリッドはもう一度ハリーのリストを調べた。

「あとは杖だけだな……おお、そうだ、まだ誕生祝いを買ってやってなかったな」

ハリーは顔が赤くなるのを感じた。

「そんなことしなくていいのに……」

「しなくていいのはわかってるよ。そうだ。動物をやろう。ヒキガエルはだめだ。だいぶ前から流行遅れになっちょる。笑われっちまうからな……猫、おれは猫は好かん。くしゃみが出るんでな。ふくろうを買ってやろう。子供はみんな、ふくろうを欲しがるもんだ。なんつったって役に立つ。郵便とかを運んでくれるし」

イーロップふくろう百貨店は、暗くてバサバサと羽音がし、宝石のように輝く目があちらこちらで瞬《まばた》いていた。二十分後、二人は店から出てきた。ハリーは大きな鳥籠をさげている。籠の中では、雪のように白い美しいふくろうが、羽に頭を突っ込んでぐっすり眠っている。ハリーは、まるでクィレル教授のようにつっかえながら何度もお礼を言った。

「礼はいらん」ハグリッドはぶっきらぼうに言った。

「ダーズリーの家ではほとんどプレゼントをもらうことはなかったんだろうな。あとはオリバンダーの店だけだ……杖はここにかぎる。杖のオリバンダーだ。最高の杖を持たにゃいかん」

魔法の杖……これこそハリーが本当に欲しかったものだ。

最後の買い物の店は狭くてみすぼらしかった。はがれかかった金色の文字で扉に、オリバンダーの店――紀元前三八二年創業高級杖メーカー、と書いてある。埃《ほこり》っぽいショーウィンドウには、色褪《あ》せた紫色のクッションに、杖が一本だけ置かれていた。

中に入るとどこか奥のほうでチリンチリンとベルが鳴った。小さな店内に古くさい椅子が一つだけ置かれていて、ハグリッドはそれに腰掛けて待った。ハリーは奇妙にも、規律の厳しい図書館にいるような気がした。ハリーは、新たにわいてきたたくさんの質問をグッと呑《の》み込んで、天井近くまで整然と積み重ねられた何千という細長い箱の山を見ていた。なぜか背中がぞくぞくした。埃と静けさそのものが、密かな魔力を宿しているようだった。

「いらっしゃいませ」

柔らかな声がした。ハリーは跳び上がった。ハグリッドも跳び上がったにちがいない。古い椅子がバキバキと大きな音をたて、ハグリッドはあわてて華奢《きゃしゃ》な椅子から立ち上がった。

目の前に老人が立っていた。店の薄明かりの中で、大きな薄い色の目が、二つの月のように輝いている。

「こんにちは」ハリーがぎごちなく挨拶した。

「おお、そうじゃ」と老人が言った。

「そうじゃとも、そうじゃとも。まもなくお目にかかれると思っておりましたよ、ハリー・ポッターさん」

ハリーのことをもう知っている。

「お母さんと同じ目をしていなさる。あの子がここに来て最初の杖を買っていったのが、ほんの昨日のことのようじゃ。あの杖は二十六センチの長さ。柳の木でできていて、振りやすい、妖精《ようせい》の呪文《じゅもん》にはぴったりの杖じゃった」

オリバンダー老人はさらにハリーに近寄った。老人に見つめられてハリーは、瞬《まばた》きしてくれたらいいのにと思った。銀色に光る目が少し気味悪かったのだ。

「お父さんのほうはマホガニーの杖が気に入られてな。二十八センチのよくしなる杖じゃった。どれより力があって変身術には最高じゃ。いや、父上が気に入ったと言うたが……実はもちろん、杖のほうが持ち主の魔法使いを選ぶのじゃよ」

オリバンダー老人が、ほとんど鼻と鼻がくっつくほどに近寄ってきたので、ハリーには自分の姿が老人の霧のような瞳の中に映っているのが見えた。

「それで、これが例の……」

老人は白く長い指で、ハリーの額《ひたい》の稲妻形の傷痕に触れた。

「悲しいことに、この傷をつけたのも、わしの店で売った杖じゃ」

静かな言い方だった。

「三十四センチもあってな。イチイの木でできた強力な杖じゃ。とても強いが、まちがった者の手に……そう、もしあの杖が世の中に出て、なにをするのかわしが知っておったらのう……」

老人は頭を振り、そしてハグリッドに気づいたので、ハリーはほっとした。

「ルビウス！ ルビウス・ハグリッドじゃないか！ また会えてうれしいよ……四十一センチの樫の木。よく曲がる。そうじゃったな」

「ああ、じいさま。そのとおりです」

「いい杖じゃった、あれは。じゃが、おまえさんが退学になったとき、真っ二つに折られてしもうたのじゃったな?」

オリバンダー老人は急に険しい口調になった。

「いや……あの、折られました。はい」

ハグリッドは足をもじもじさせながら答えた。

「でも、まだ折れた杖を持ってます」

ハグリッドは威勢よく言った。

「じゃが、まさか使ってはおるまいの?」オリバンダー老人はぴしゃりと言った。

「とんでもない」

ハグリッドはあわてて答えたが、そう言いながらピンクの傘の柄をギュッと強くにぎりしめたのを、ハリーは見逃さなかった。

「ふーむ」

オリバンダー老人は探るような目でハグリッドを見た。

「さて、それではポッターさん。拝見しましょうか」

老人は、銀色の目盛りの入った長い巻尺をポケットから取り出した。

「どちらが杖腕《つえうで》ですかな?」

「あ、あの、僕、右利きです」

「腕を伸ばして。そうそう」

老人はハリーの肩から指先、手首から肘《ひじ》、肩から床、膝《ひざ》から腋《わき》の下、頭のまわり、と寸法を採った。測りながら老人は話を続けた。

「ポッターさん。オリバンダーの杖は一本一本、強力な魔力を持った物を芯《しん》に使っております。一角獣《ユニコーン》のたてがみ、不死鳥の尾の羽根、ドラゴンの心臓の琴線。一角獣もドラゴンも不死鳥も、皆それぞれにちがうのじゃから、オリバンダーの杖には一つとして同じ杖はない。もちろん、ほかの魔法使いの杖を使っても、決して自分の杖ほどの力は出せないわけじゃ」

ハリーは巻尺が勝手に鼻の穴の間を測っているのにハッと気がついた。オリバンダー老人は棚の間を飛び回って、箱を取り出していた。

「もうよい」と言うと、巻尺は床の上に落ちて、クシャクシャッと丸まった。

「では、ポッターさん。これをお試しください。ブナの木にドラゴンの心臓の琴線。二十三センチ、良質でしなりがよい。手に取って、振ってごらんなさい」

ハリーは杖を取り、なんだか気恥ずかしく思いながら杖をちょっと振ってみた。オリバンダー老人は、あっと言う間にハリーの手からその杖をもぎ取ってしまった。

「楓《かえで》に不死鳥の羽根。十八センチ、振りごたえがある。どうぞ」

ハリーは試してみた……しかし、振り上げるか上げないかするうちに、老人がひったくってしまった。

「だめだ。いかん――次は黒檀《こくたん》と一角獣《ユニコーン》のたてがみ。二十二センチ、バネのよう。さあ、どうぞ試してください」

ハリーは次々と試してみた。いったいオリバンダー老人はなにを期待しているのかさっぱりわからない。試し終わった杖の山が古い椅子の上にだんだん高く積み上げられてゆく。それなのに、棚から新しい杖を下ろすたびに、老人はますますうれしそうな顔をした。

「難しい客じゃの。え？　心配なさるな。必ずぴったり合うのをお探ししますでな。……さて、次はどうするかな……おお、そうじゃ……めったにない組み合わせじゃが、柊《ひいらぎ》と不死鳥の羽根、二十八センチ、良質でしなやか」

ハリーは杖を手に取った。急に指先が温かくなった。杖を頭の上まで振り上げ、埃《ほこり》っぽい店内の空気を切るようにヒュッと振り下ろした。すると、杖の先から赤と金色の火花が花火のように流れ出し、光の玉が踊りながら壁に反射した。ハグリッドは「オーッ」と声を上げて手をたたき、オリバンダー老人は「ブラボー！」とさけんだ。

「すばらしい。いや、よかった。さて、さて、さて……不思議なこともあるものよ……まったくもって不思議な……」

老人はハリーの杖を箱にもどし、茶色の紙で包みながら、まだブツブツと繰り返していた。

「不思議じゃ……不思議じゃ……」

「あのう。なにがそんなに不思議なんですか」とハリーが聞いた。

オリバンダー老人は淡い色の目でハリーをじっと見た。

「ポッターさん。わしは、自分の売った杖はすべて覚えておる。全部じゃ。あなたの杖に入っている不死鳥の羽根はな、同じ不死鳥が尾羽根をもう一枚だけ提供した……たった一枚だけじゃが。あなたがこの杖を持つ運命にあったとは、不思議なことじゃ。兄弟羽が……なんと、兄弟杖がその傷を負わせたというのに……」

ハリーは息を呑《の》んだ。

「さよう。三十四センチのイチイの木じゃった。こういうことが起こるとは、不思議なものじゃ。杖は持ち主の魔法使いを選ぶ。そういうことじゃ……。ポッターさん、あなたはきっと偉大なことをなさるにちがいない……。『名前を言ってはいけないあの人』もある意味では、偉大なことをしたわけじゃ……恐ろしいことではあったが、偉大には違いない」

ハリーは身震いした。オリバンダー老人があまり好きになれない気がした。杖の代金に七ガリオンを支払い、オリバンダー老人のお辞儀に送られて二人は店を出た。

夕暮近くの太陽が空に低くかかっていた。ハリーとハグリッドはダイアゴン横丁を、元来た道へと歩き、壁を抜けて、もう人気のなくなった「漏《も》れ鍋《なべ》」にもどった。ハリーは黙りこくっていた。変な形の荷物をどっさり抱え、膝《ひざ》の上で雪のように白いふくろうが眠っている格好のせいで、地下鉄の乗客が唖然《あぜん》として自分のことを見つめていることにハリーはまったく気づかなかった。パディントン駅で地下鉄を降り、エスカレーターで駅の構内に出た。ハグリッドに肩をたたかれて、ハリーはやっと自分がどこにいるのかに気づいた。

「電車が出るまでなにか食べる時間があるぞ」

ハグリッドが言った。

ハグリッドはハリーにハンバーガーを買ってやり、二人はプラスチックの椅子に座って食べた。ハリーはまわりを眺めた。なぜかすべてがちぐはぐに見える。

「大丈夫か？　なんだかずいぶん静かだが」とハグリッドが声をかけた。

ハリーはなんと説明すればよいかわからなかった。こんなにすばらしい誕生日ははじめてだった……それなのに……ハリーは言葉を探すようにハンバーガーをかじった。

「みんなが僕のことを特別だって思ってる――」

ハリーはやっと口を開いた。

『漏れ鍋』のみんな、クィレル先生もオリバンダーさんも……。でも、僕、魔法のことはなにひとつ知らない。それなのに、どうして僕に偉大なことを期待できる？有名だって言うけれど、なにが僕を有名にしたかさえ覚えていないんだよ。ヴォル……あ、ごめん……僕の両親が死んだ夜だって、僕、なにが起こったのかも覚えていない」

ハグリッドはテーブルの向こう側から身を乗り出した。もじゃもじゃのひげと眉毛の奥に、やさしい笑顔があった。

「ハリー、心配するな。すぐに様子がわかってくる。みんながホグワーツで一から始めるんだよ。大丈夫。ありのままでええ。そりゃ大変なのはわかる。おまえさんは選ばれたんだ。大変なことだ。だがな、ホグワーツは、楽しい。おれも楽しかった。いまも実は楽しいよ」

ハグリッドは、ハリーがダーズリー家にもどる電車に乗り込むのを手伝った。

「ホグワーツ行きの切符だ」

ハグリッドは封筒を手渡した。

「九月一日──キングズ・クロス駅発──全部切符に書いてある。ダーズリーのとこでまずいことがあったら、おまえさんのふくろうに手紙を持たせてよこしな。ふくろうがおれのいるところを探し出してくれる。……じゃあな、ハリー。またすぐ会おう」

電車が走り出した。ハリーは、姿が見えなくなるまでハグリッドを見ていたいと思った。座席から立ち上がり窓に鼻を押しつけて見ていたが、瞬《まばた》きをしたとたん、ハグリッドの姿は消えていた。

第6章　9と¾番線からの旅

ダーズリー家にもどって過ごした出発までの一か月間は、ハリーにとって楽しいものではなかった。たしかにダドリーはハリーを怖がって一緒の部屋にいようとはせず、ペチュニア、バーノンのおばおじ二人もハリーを物置に閉じ込めたり、いやなことを無理強いしたり、どなりつけたりもしなかった……それ以上に、ハリーとは一言も口をきかなかった。怖さ半分と怒り半分で、ダーズリー親子はハリーがどこに座っていても、まるでそこにいないかのように振る舞った。たいていはそのほうが好都合だったが、それもしばらく続くと少し気が滅入ってきた。

ハリーは、買ってもらったばかりのふくろうと一緒に部屋に閉じこもっていた。ふくろうの名はヘドウィグに決めた。「魔法史」で見つけた名だ。教科書はとてもおもしろかった。ハリーはベッドに横になって、夜遅くまで読みふけった。ヘドウィグは開け放した窓から自由に出入りした。始終死んだねずみをくわえてくるので、ペチュニアおばさんが掃除機をかけにこなくなったのはかえって幸いだった。毎晩、寝る前に、ハリーは壁に貼った暦の日付を一日ずつバツ印で消し、九月一日までの残りの日にちを数えた。

八月の最後の日。いよいよハリーはおじとおばに、明日キングズ・クロス駅に行くと話さなければならない日となった。居間に行くと、おじ一家は三人してテレビのクイズ番組を見ているところだった。自分がそこにいることを知らせるためにハリーが咳《せき》ばらいをすると、ダドリーは悲鳴を上げて部屋から飛び出していった。

「あの――バーノンおじさん」

おじは返事のかわりにウームとうなった。

「あの……明日キングズ・クロスに行って……そこから、あの、ホグワーツに出発なんだけど」

おじはまたウームとうなった。

「車で送っていただけますか?」

またまたウーム。ハリーはイエスの意味だと思った。

「ありがとう」

二階にもどろうとしたとき、やっとおじが口をきいた。

「魔法学校に行くにしちゃ、おかしなやり方じゃないか。汽車なんて。空飛ぶ絨毯《じゅうたん》はみんなパンクなのか？」

ハリーは黙っていた。

「いったい、その学校とやらはどこにあるんだい？」

ハリーもはじめてそのことに気がついた。ポケットからハグリッドのくれた切符を引っ張り出してみた。

「僕――知りません」

「ただ、汽車に乗るようにって。九と四分の三番線から、十一時発」

ハリーは切符を読み上げた。

おじとおばが目を丸くした。

「何番線だって？」

「九と四分の三」

「ばかばかしい。九と四分の三番線なんてあるわけがない」

「でも、切符にそう書いてある」

「あほう。連中は大ばかのコンコンチキだ。まあ、そのうちわかるだろうよ。よかろう。キングズ・クロスに連れていってやろう。どうせ明日はロンドンに出かけることになっていたし。そうでなけりゃわざわざ出かけんがな」

「どうしてロンドンに行くの？」

できるだけいい雰囲気にしようと、ハリーがたずねた。

「ダドリーを病院へ連れていって、スメルティングズに入学する前にあのいまいましいしっぽを取ってもらわにゃ」

バーノンおじさんはうなるように言った。

次の朝、ハリーは五時に目が覚めた。興奮と緊張で目が冴《さ》えてしまったので、ベッドを出てジーンズをはいた。魔法使いのマントを着て駅に入る気にはなれない……汽車の中で着替えよう。必要なものが揃っているかどうか、ホグワーツの「準備するもの」リストをもう一度チェックし、ヘドウィグがちゃんと鳥籠に入っていることを確かめ、ダーズリー親子が起き出すまで部屋の中を往《い》ったり来たりして待っていた。

二時間後、ハリーの大きな重いトランクは車に載せられ、ペチュニアおばさんに言い含められたダドリーがハリーの隣に座り、車は出発した。

キングズ・クロス駅に着いたのは十時半だった。バーノンおじさんは、ハリーのトランクをカートに放り込んで駅の中まで運んでいった。ハリーはなんだか親切すぎると思ったが、案の定、バーノンはプラットホームの前でぴたりと止まると、ニターッと意地悪い笑いを顔に貼りつけた。

「そーれ、着いたぞ、小僧。九番線と……ほれ、十番線だ。おまえのプラットホームはその中間らしいが、まだできてないようだな、え?」

まさにそのとおりだった。「9」と書いた大きな札が下がったプラットホームの隣には、「10」の大きな札が下がっている。そしてその間には、なにもない。

「新学期をせいぜい楽しめよ」

バーノンおじさんはさっきよりもっとにんまりし、そして物も言わずにさっさと行ってしまった。ハリーが振り向くと、ダーズリー親子の車が走り去るところだった。三人とも大笑いしている。ハリーは喉《のど》がカラカラになった。いったい自分はなにをしようとしているのだろう? ヘドウィグを連れているので、まわりからはじろじろ見られるし……。だれかにたずねなければ……。

ハリーは、ちょうど通りかかった駅員を呼び止めた。しかし、さすがに九と四分の三番線とは言えなかった。駅員はホグワーツなんて聞いたことがないと言うし、どのあたりにあるのかハリーが説明できないでいるのを見て取るや、いたずらにいいかげんなことを言っているのではないかと胡散《うさん》くさそうな顔をした。ハリーはいよいよ困り果てて、十一時に出る列車はないかと聞いてみたが、駅員はそんなものはないと答え、ついには時間のむだ使いだとブックサ言いながら行ってしまった。

ハリーはパニックに陥らないようぐっとこらえた。列車到着案内板の上にある大きな時計は、ホグワーツ行きの列車があと十分で出てしまうことを告げていた。それなのに、ハリーはどうしていいのかさっぱりわからない。駅のど真ん中で、一人では持ち上げられないトランクと、ポケットいっぱいの魔法使いのお金と、大きなふくろうを持って途方にくれるばかりだった。

ハグリッドはなにか言い忘れたにちがいない。ダイアゴン横丁に入るには左側の三番目のレンガをコツコツとたたいたではないか。魔法の杖を取り出して、九番と十番の間にある改札口をたたいてみようか。

そのとき、ハリーの後ろを通り過ぎた一団があった。ハリーの耳にこんな言葉が飛び込んできた。

「……マグルで混み合ってるわね。当然だけど……」

ハリーは急いで後ろを振り返った。ふっくらした婦人が、揃いもそろって燃えるような赤毛の少年四人に話しかけていた。みなハリーと同じようなトランクを押しながら歩いている……それに、ふくろうが一羽いる。

胸を高鳴らせながら、ハリーはカートを押してその一団についていった。一団が立ち止まったので、ハリーも彼らの話が聞こえる距離を取って止まった。

「さて、何番線だったかしら」と母親らしき人が聞いた。

「九と四分の三よ」

小さな女の子がかん高い声を出した。この子も赤毛だ。母親の手をにぎって「ママ、あたしも行きたい……」と言った。

「ジニー、あなたはまだ小さいからね。ちょっとおとなしくしててね。はい、パーシー、先に行って」

一番年上らしい少年がプラットホームの「9」と「10」に向かって進んでいった。ハリーは目を凝らして見ていた。見過ごさないよう、瞬《まばた》きしないように気をつけた……ところが、少年がちょうど二本のプラットホームの分かれ目にさしかかったところでハリーの前にどっと旅行者の群れがあふれてきて、その最後のリュックサックが消えたころには、例の少年も消え去っていた。

「フレッド、次はあなたよ」とふっくらおばさんが言った。

「フレッドじゃないよ。僕、ジョージだよ。まったくこの人ときたら、これでよく母親だって言えるよな。僕がジョージだってわからないの？」

「あら、ごめんなさいね、ジョージ」

「冗談さ。僕、フレッドだよ」

と言うなりフレッドと名乗った少年は歩き出した。双子の片方が後ろから「急げ」と声をかけた。一瞬のうちにフレッドの姿は消えていた……でも、いったいどうやったのだろう？

今度は三番目の少年が改札口の間の柵に向かってきびきびと歩き出した――そのあたりに着いた――と思ったら、またしても急に影も形もない。

こうなったらほかに手はない。

「すみません」

ハリーはふっくらおばさんに話しかけた。

「あら、こんにちは。坊や、ホグワーツへははじめて？　ロンもそうなのよ」

おばさんは最後に残った男の子を指さした。背が高く、やせて、ひょろっとした子で、そばかすだらけの上に、手足が大きく、鼻が高かった。

「はい。でも……あの、僕、わからなくて。どうやって……」

「どうやってプラットホームに行くかってことね？」

おばさんがやさしく言った。ハリーはうなずいた。

「心配しなくていいのよ。九番と十番の間の柵に向かってまっすぐに歩いてゆけばいいの。立ち止まったり、ぶつかるんじゃないかと怖がったりしないこと、これが大切よ。怖かったら少し走るといいわ。さあ、ロンの前に行って」

「えっ……あ、はい」

ハリーはカートをくるりと回して、柵を睨《にら》んだ。頑丈そうだった。

意を決して歩きはじめた。九番線と十番線に向かう乗客が、ハリーをあっちへこっちへと押すのでますます早足になった。改札口の柵に衝突しそうだ。そうなったら、やっかいなことになるぞ……カートにしがみつくようにして、ハリーは突進した——柵がぐんぐん近づいてくる。もう止められない——カートが言うことをきかない——あと三十センチ——ハリーは目を閉じた。

ぶつかる——スーッ……おや、まだ走っている……ハリーは目を開けた。

紅《くれない》色の蒸気機関車が、乗客でごった返すプラットホームに停車していた。ホームの上には『ホグワーツ行特急11時発』と書いてある。振り返ると、改札口のあったところに9¾と書いた鉄のアーチが見えた。やったぞ！

機関車の煙がおしゃべりな人込みの上に漂い、色とりどりの猫が足元を縫うように歩いている。さまざまな話し声と重いトランクのこすれ合う音をぐって、ふくろうがホーホーと不機嫌そうに鳴き交わしている。

先頭の二、三両はもう生徒でいっぱいで、窓から身を乗り出して家族と話したり、席の取り合いで言い争ったりしていた。ハリーは空いた席を探して、カートを押しながらホームを歩いた。丸顔の少年のそばを通り過ぎるとき、その男の子の声が聞こえた。

「ばあちゃん。またヒキガエルがいなくなっちゃった」

「まあ、ネビル」

おばあさんのため息が聞こえた。

細かいドレッドヘアの男の子のまわりに、小さな人垣ができていた。

「リー、見せて。さあ」

その子が腕に抱えた箱のふたを開けると、得体の知れない長い毛むくじゃらの肢《あし》が中から突き出て、まわりの人が悲鳴を上げた。

ハリーは人込みをかき分け、やっと最後尾の車両近くに空いているコンパートメントの席を見つけた。ヘドウィグを先に入れ、列車の戸口の階段から重いトランクを押し上げようとしたが、トランクの片側さえ持ち上がらず、二回も足の上に落として痛い目にあった。

「手伝おうか?」

さっき、先に改札口を通過していった、赤毛の双子のどちらかだった。

「うん。お願い」ハリーは息が上がっていた。

「おい、フレッド! こっちきて手伝えよ」

双子のおかげでハリーのトランクはやっと客室の隅に収まった。

「ありがとう」と言いながら、ハリーは目にかぶさった汗びっしょりの髪をかき上げた。

「それ、なんだい?」

双子の一人が急にハリーの稲妻形の傷痕を指さして言った。

「驚いたな。君は……?」もう一人が言った。

「例の子だ。君、ちがうかい?」最初の一人が言った。

「なにが?」とハリー。

「ハリー・ポッターさ」双子が同時に言った。

「ああ、そのこと。うん、そうだよ。僕、ハリー・ポッターだ」

双子がポカンとハリーに見とれているので、ハリーは顔が赤らむのを感じた。そのとき、ありがたいことに、開け放たれた汽車の窓から声が流れ込んできた。

「フレッド？　ジョージ？　どこにいるの？」

「ママ、いま行くよ」

もう一度ハリーを見つめると、双子は列車から飛び降りた。

ハリーは窓際に座った。そこからだと、半分隠れてプラットホームの赤毛一家を眺めることができたし、話し声も聞こえた。母親がハンカチを取り出したところだった。

「ロン。お鼻になんかついてるわよ」

すっ飛んで逃げようとする末の息子を、母親はがっちり捕まえて鼻の先をこすりはじめた。

「ママ、やめて」

ロンはもがいて逃れた。

「あらあら、ロニー坊や、お鼻になんかちゅいてまちゅか？」と双子の一人が囃《はや》したてた。

「うるさい！」とロン。

「パーシーはどこ?」と母親が聞いた。

「こっちに歩いてくるよ」

一番年上の少年が大股で歩いてきた。もう黒いひらひらするホグワーツの制服に着替えていた。少年の胸にPの文字の入った銀色のバッジが輝いているのを、ハリーは目に留めた。

「母さん、あんまり長くはいられないよ。僕、前のほうなんだ。Pバッジの監督生《かんとくせい》はコンパートメント二つ、指定席になってるんだ……」

「おお、パーシー、君、監督生になったのかい?」

双子の一人がわざと驚いたように言った。

「そう言ってくれればいいのに。知らなかったじゃないか」

「まてよ、そういえば、なんか以前に一回、そんなことを言ってたな」ともう一人の双子。

「二回かな……」

「一分間に一、二回かな……」

「夏中言っていたような……」

「だまれ」と監督生パーシーが言った。

「どうして、パーシーは新しい洋服着てるんだろう？」双子の一人が聞いた。

「監督生《かんとくせい》だからよ」母親がうれしそうに言った。

「さあ、みんな。楽しく過ごしなさいね。着いたらふくろう便をちょうだいね」

母親はパーシーの頬にさよならのキスをした。パーシーがいなくなると、次に母親は双子に言った。

「さて、あなたたち……今年はお行儀よくするんですよ。もしも、またふくろう便がきて、あなたたちが……あなたたちがトイレを吹き飛ばしたとかなんとか知らせてきたら……」

「トイレを吹っ飛ばすだって？　僕たちそんなことしたことないよ」

「すげえアイデアだぜ。ママ、ありがとさん」

「ばかなこと言わないで。ロンの面倒みてあげてね」

「心配御無用。はなたれロニー坊やは、僕たちにまかせて」

「うるさい」

とロンがまた言った。もう双子と同じぐらい背が高いのに、お母さんにこすられたロンの鼻先はまだピンク色だった。

「ねえ、ママ。だれに会ったと思う？　いま列車の中で会った人、だーれだ？」

ハリーは自分が見ていることにみんなが気がつかないよう、あわてて身を引いた。

「駅でそばにいた黒い髪の子、覚えてる？　あの子はだぁれだ？」

「だあれ？」

「ハリー・ポッター！」

ハリーの耳に女の子の声が聞こえた。

「ねえ、ママ。汽車に乗って、見てきてもいい？　ねえ、ママ、お願い……」

「ジニー、もうあの子を見たでしょ？　動物園じゃないんだから、じろじろ見たらかわいそうでしょう。でも、フレッド、ほんとなの？　なぜそうだとわかったの？」

「本人に聞いた。傷痕を見たんだ。ほんとにあったんだよ……稲妻のようなのが」

「かわいそうな子……道理で一人だったんだわ。どうしてかしらって思ったのよ。どうやってプラットホームに行くのかって聞いたとき、本当にお行儀がよかったもの」

「そんなことはどうでもいいよ。『例のあの人』がどんなだったか覚えてると思う？」

母親は急に厳しい顔をした。

「フレッド、聞いたりしてはだめよ、絶対にいけません。入学の最初の日にそのことを思い出させるなんて、かわいそうでしょう」

「大丈夫だよ。そんなにむきにならないでよ」

笛が鳴った。

「急いで！」

母親に急かされて、三人の少年は汽車によじ登った。みな窓から身を乗り出して母親のお別れのキスを受けた。妹のジニーが泣き出した。

「泣くなよ、ジニー。ふくろう便をどっさり送ってあげるよ」

「ホグワーツのトイレの便座を送ってやるよ」

「ジョージったら！」

「冗談さ、ママ」

汽車が滑り出し、母親が子供たちに手を振るのをハリーは見ていた。妹は半べその泣き笑い顔で汽車を追いかけて走ってきたが、追いつけない速度になったあとは立ち止まって手を振っていた。

汽車がカーブを曲がって姿が見えなくなるまで、ハリーは女の子と母親を見ていた。家々が窓の外を飛ぶように過ぎていった。ハリーの心は躍った。なにが待ちかまえているかはわからない……でも、置いてきたこれまでの暮らしよりは絶対ましにちがいない。

コンパートメントの戸が開いて、あの一団の一番年下の赤毛の男の子が入ってきた。

「ここ空いてる？」

ハリーの向かい側の席を指さした。

「ほかはどこもいっぱいなんだ」

ハリーがうなずいたので、男の子は席に腰掛け、ちらりとハリーを見たが、なにも見なかったようなふりをして、すぐに窓の外に目を移した。ハリーは少年の鼻の頭がまだ汚れたままなのに気づいた。

「おい、ロン」

双子がもどってきた。

「なあ、おれたち、真ん中の車両あたりまで行くぜ……リー・ジョーダンがでっかいタランチュラを持ってるんだ」

「わかった」ロンはもごもご言った。

「ハリー」双子のもう一人が言った。

「自己紹介したっけ？　おれたち、フレッドとジョージ・ウィーズリーだ。こいつは弟のロン。じゃ、またあとでな」

「バイバイ」ハリーとロンが答えた。

双子はコンパートメントの戸を閉めて出ていった。

「君、ほんとにハリー・ポッターなの？」ロンがポロリと言った。

ハリーはこっくりとうなずいた。

「ふーん……そう。僕、フレッドとジョージがまたふざけてるんだと思った。じゃ、君、本当にあるの……ほら……」

ロンはハリーの額《ひたい》を指さした。

ハリーは前髪をかき上げて稲妻の傷痕を見せた。ロンはじっと見た。

「それじゃ、これが『例のあの人』の……？」

「うん。でもなんにも覚えてないんだ」

「なんにも？」ロンが熱心に聞いた。

「そうだな……緑色の光がいっぱいだったのを覚えてるけど、それだけ」

「うわーっ」

ロンはじっと座ったまま、しばらくハリーを見つめていたが、ハッと我に返ってあわてて窓の外に目をやった。

「君の家族はみんな魔法使いなの？」

ロンがハリーに興味を持ったと同じぐらい、ハリーもロンに関心を持った。

「あぁ……うん、そうだと思う」ロンが答えた。

「ママのはとこだけが会計士だけど、僕たちその人のことを話題にしないことにしてるし」

「じゃ、君なんか、もう魔法をいっぱい知ってるんだろうな」

ウィーズリー家が、ダイアゴン横丁であの青白い男の子が話していた由緒正しい「魔法使いの旧家」の一つであることは明らかだった。

「君はマグルと暮らしてたって聞いたよ。どんな感じなんだい?」とロン。

「ひどいもんさ……みんながそうだってわけじゃないけど。おじさん、おばさん、僕のいとこはそうだった。僕にも魔法使いの兄弟が三人もいればいいのにな」

「五人だよ」ロンの顔がなぜか曇った。

「ホグワーツに入学するのは僕が六人目なんだ。期待に沿うのは大変だよ。ビルとチャーリーはもう卒業したんだけど……ビルは首席だったし、チャーリーはクィディッチのキャプテンだった。今度はパーシーが監督生《かんとくせい》だ。フレッドとジョージはいたずらばっかりやってるけど成績はいいんだ。みんな二人はおもしろいやつだって思ってる。僕もみんなと同じように優秀だって期待されてるんだけど、もし僕が期待に応えるようなことをしたって、みんなと同じことをしただけだから、たいしたことじゃないってことになっちまう。それに、五人も上にいるもんだから、なんにも新しい物がもらえないんだ。僕の制服のローブはビルのお古《ふる》だし、杖はチャーリーのだし、ペットだってパーシーのお下がりのねずみをもらったんだよ」

ロンは上着のポケットに手を突っ込んで太ったねずみを引っ張り出した。ねずみはぐっすり眠っている。

「スキャバーズって名前だけど、役立たずなんだ。寝てばっかりいるし。パーシーは監督生になったから、パパにふくろうを買ってもらった。だけど、僕んちはそれ以上の余裕が……だから、僕にはお下がりのスキャバーズさ」

ロンは耳元を赤らめた。しゃべりすぎたと思ったらしく、また窓の外に目を移した。

ふくろうを買う余裕がなくたって、なにも恥ずかしいことはない。自分だって一か月前までは文無しだった。ハリーはロンにその話をした。ダドリーのお古を着せられて、誕生日にはろくなプレゼントをもらったことがない……などなど。ロンはそれで少し元気になったようだった。

「――それに、ハグリッドが教えてくれるまで、僕、自分が魔法使いだなんて全然知らなかったし、両親のことも、ヴォルデモートのことも……」

ロンが息を呑《の》んだ。

「どうしたの？」

「君、『例のあの人』の名前を言った！」

ロンは驚きと称賛の入り交じった声を上げた。

「君の、君の口からその名を……」

「僕、名前を口にすることで、勇敢なとこを見せようってつもりじゃないんだ。名前を言っちゃいけないなんて知らなかっただけなんだ。わかる？　僕、学ばなけりゃならないことばっかりなんだ――きっと……」

ハリーは、ずっと気にかかっていたことをはじめて口にした。

「きっと、僕、クラスでビリだよ」

「そんなことはないさ。マグル出身の子はたくさんいるし、そういう子でもちゃんとやってるよ」

話しているうちに汽車はロンドンをあとにしてスピードを上げ、牛や羊のいる牧場の横を走り抜けていった。二人はしばらく黙って通り過ぎてゆく野原や小道を眺めていた。

十二時半ごろ、通路でガチャガチャと大きな音がして、えくぼの女性がにこにこ顔で戸を開けた。

「車内販売よ。なにかいりませんか？」

ハリーは朝食がまだだったので勢いよく立ち上がったが、ロンはまた耳元をポッと赤らめて、サンドイッチを持ってきたからと口ごもった。ハリーは通路に出た。

ダーズリー家では甘い物を買うお金なんか持たせてもらったことがなかった。でもいまはポケットの中で金貨や銀貨がジャラジャラ鳴っている。持ちきれないほどのマーズ・バー・チョコレートが買える……でも、チョコ・バーは売っていなかった。そのかわり、バーティー・ボッツの百味《ひゃくみ》ビーンズだの、ドルーブルの風船ガムだの、蛙《かえる》チョコレート、かぼちゃパイ、大鍋《おおなべ》ケーキ、杖形甘草《つえがたかんぞう》あめ、それにいままでハリーが一度も見たことがないような不思議な物がたくさんあった。一つも買いそこねたくない、とばかりにハリーはどれも少しずつ買って、おばさんに銀貨十一シックルと銅貨七クヌートを払った。

ハリーが両腕いっぱいの買い物を空いている座席にドサッと置くのを、ロンは目を皿のようにして眺めていた。

「お腹すいてるの？」

「ペコペコだよ」

ハリーはかぼちゃパイにかぶりつきながら答えた。

ロンはデコボコの包みを取り出して、開いた。サンドイッチが四切れ入っていた。一切れつまみ上げ、パンをめくってロンが言った。

「ママったら僕がコンビーフは嫌いだって言っているのに、いっつも忘れちゃうんだ」

「僕のと換えようよ。これ、食べて……」

ハリーがパイを差し出しながら言った。

「でも、これ、パサパサでおいしくないよ」とロンが言った。そしてあわててつけ加えた。

「ママは時間がないんだ。五人も子供がいるんだもの」

「いいから、パイ食べてよ」

ハリーはいままでだれかと分け合えるような物を持ったことがなかったし、分け合う人もいなかった。ロンと一緒にパイやらケーキやらを夢中で食べるのはすてきなことだった――サンドイッチはほったらかしのままだった。

「これなんだい？」

ハリーは蛙《かえる》チョコレートの包みを取り上げて聞いた。

「まさか、本物のカエルじゃないよね？」

もう、なにがあっても驚かないぞという気分だった。

「まさか。でも、カードを見てごらん。僕、アグリッパがないんだ」

「なんだって？」

「そうか、君、知らないよね……チョコを買うと、中にカードが入ってるんだ。ほら、みんなが集めるやつさ——有名な魔法使いとか魔女とかの写真だよ。僕、五百枚ぐらい持ってるけど、アグリッパとプトレマイオスがまだないんだ」

ハリーは蛙チョコの包みを開けてカードを取り出した。男の顔だ。半月形のメガネをかけ、高い鼻は鉤鼻《かぎばな》で、流れるような銀色の髪、顎《あご》ひげ口ひげを蓄えている。写真の下に「アルバス・ダンブルドア」と書いてある。

「この人がダンブルドアなんだ！」

ハリーが声を上げた。

「ダンブルドアのこと、知らなかったの！　僕にも蛙一つくれる？　アグリッパが当たるかもしれない……ありがとう……」

ハリーはカードの裏を読んだ。

アルバス・ダンブルドア
現在ホグワーツ校校長。近代の魔法使いの中で最も偉大な魔法使いと言われている。特に一九四五年、闇の魔法使いグリンデルバルドを破ったこと、ドラゴンの血液の十二種類の利用法の発見、パートナーであるニコラス・フラメルとの錬金術の共同研究などで有名。趣味は、室内楽とボウリング。

ハリーがまたカードの表を返してみると、驚いたことにダンブルドアの顔が消えていた。

「いなくなっちゃったよ！」

「そりゃ、一日中その中にいるはずないよ」とロンが言った。

「また帰ってくるよ。あ、だめだ、また魔女モルガナだ。もう六枚も持ってるよ……君、欲しい？　これから集めるといいよ」

ロンは、蛙チョコの山を開けたそうに、ちらちら見ている。

「開けていいよ」

ハリーは促した。

「でもね、ほら、なんて言ったっけ、そう、マグルの世界では、ずうっと写真の中にいるよ」

「そう？　じゃ、全然動かないの？　変なの！」ロンは驚いたように言った。

ダンブルドアが写真の中にそぉっともどってきてちょっと笑いかけたのを見たハリーは、目を丸くした。ロンは有名な魔法使いや魔女の写真より、チョコを食べるほうに夢中だったが、ハリーはカードから目が離せなかった。しばらくすると、ダンブルドアやモルガナのほかに、ウッドクロフトのヘンギストやら、アルベリック・グラニオン、キルケ、パラセルサス、マーリンと、カードが集まった。ドルイド教の女祭司《さいし》クリオドナが鼻の頭をかいているのを見たあとで、やっとハリーはカードから目を離し、バーティー・ボッツの百味《ひゃくみ》ビーンズの袋を開けた。

「気をつけたほうがいいよ」ロンが注意した。

「百味って、ほんとになんでもありなんだよ――そりゃ、普通のもあるよ。チョコ味、ハッカ味、マーマレード味なんか。でも、ほうれんそう味とか、レバー味とか、臓物味なんてのがあるんだ。ジョージが言ってたけど、鼻くそ味にちがいないってのに当たったことがあるって」

ロンは緑色のビーンズをつまんで、ようく見てから、ちょっとだけかじった。

「ウエー、ほらね？　芽キャベツだよ」

二人はしばらく百味《ひゃくみ》ビーンズを楽しんだ。ハリーが食べたのはトースト味、ココナッツ、煎《い》り豆、イチゴ、カレー、草、コーヒー、いわし、それに大胆にも、ロンが手をつけようともしなかったへんてこりんな灰色のビーンズの端をかじってみたら胡椒味だった。

車窓には荒涼とした風景が広がってきた。整然とした畑はもうない。森や曲がりくねった川、鬱蒼《うっそう》とした暗緑色の丘が過ぎていく。

コンパートメントをノックして、丸顔の男の子が半泣きの顔で入ってきた。九と四分の三番線ホームでハリーが見かけた子だった。

「ごめんね。僕のヒキガエルを見かけなかった？」

二人が首を横に振ると、男の子はめそめそ泣き出した。

「いなくなっちゃった。僕から逃げてばっかりいるんだ！」

「きっと出てくるよ」ハリーが言った。

「うん。もし見かけたら……」男の子はしょげ返ってそう言うと出ていった。

「どうしてそんなこと気にするのかなあ。僕がヒキガエルなんか持ってたら、なるべく早くなくしちゃいたいけどな。もっとも、僕だってスキャバーズを持ってきたんだから、人のことは言えないけどね」

ねずみはロンの膝《ひざ》の上でグウグウ眠り続けている。

「死んでたって、きっと見分けがつかないよ」ロンはうんざりした口調だ。

「昨日、少しはおもしろくしてやろうと思って、黄色に変えようとしたんだ。でも呪文が効かなかった。やって見せようか――見てて……」

ロンはトランクをガサゴソ引っかき回して、くたびれたような杖《つえ》を取り出した。あちこちボロボロと欠けていて、端からなにやら白いキラキラするものがのぞいている。

「一角獣《ユニコーン》のたてがみがはみ出してるけど。まあ、いいか……」

杖を振り上げたとたん、またコンパートメントの戸が開いた。カエルに逃げられた子が、今度は女の子を連れて現れた。少女はもう新調のホグワーツ・ローブに着替えている。

「だれかヒキガエルを見なかった？　ネビルのがいなくなったの」

なんとなく威張った話し方をする女の子だ。栗色の髪がフサフサして、前歯がちょっと大きかった。

「見なかったって、さっきそう言ったよ」

しかし、ロンの答えなど少女は聞いてもいない。むしろ杖に気を取られていた。

「あら、魔法をかけるの？　それじゃ、見せてもらうわ」と少女が座り込み、ロンはたじろいだ。

「あー……いいよ」

ロンは咳ばらいをした。

「お陽さま、雛菊《ひなぎく》、溶ろけたバター。デブでまぬけなねずみを黄色に変えよ」

ロンは杖を振った。でもなにも起こらない。スキャバーズは相変わらずねずみ色でぐっすり眠っていた。

「その呪文、まちがってない？」

少女が堰《せき》を切ったようにしゃべり出した。

「まあ、あんまりうまくいかなかったわね。私も練習のつもりで簡単な呪文を試してみたことがあるけど、みんなうまくいったわ。私の家族に魔法族はだれもいないの。だから、手紙をもらったとき、すごく驚いた。でももちろんうれしかったわ。だって、最高の魔法学校だって聞いているもの……教科書はもちろん、全部暗記したわ。それだけで足りるといいんだけど……私、ハーマイオニー・グレンジャー。あなた方は？」

少女は一気にこれだけを言ってのけた。

ハリーはロンの顔を見てホッとした。ロンも、ハリーと同じく教科書を暗記していないらしく、唖然《あぜん》としていた。

「僕、ロン・ウィーズリー」ロンはもごもご言った。

「ハリー・ポッター」

「えっ？　ほんとに？　私、もちろんあなたのこと全部知ってるわ。――参考書を二、三冊読んだの。あなたのこと、『近代魔法史』『闇の魔術の興亡』『二十世紀の魔法大事件』なんかに出てるわ」

「僕が？」ハリーは呆然とした。

「まあ、知らなかったの。私があなただったら、できるだけ全部調べるけど。二人とも、どの寮に入るかわかってる？　私、いろんな人に聞いて調べたけど、グリフィンドールに入りたいわ。絶対一番いいみたい。ダンブルドアもそこ出身だって聞いたわ。でもレイブンクローも悪くないかもね……とにかく、もう行くわ。ネビルのヒキガエルを探さなきゃ。二人とも着替えたほうがいいわ。もうすぐ着くはずだから」

〝ヒキガエル探しの子〟を引き連れて少女は出ていった。

「どの寮でもいいけど、あの子のいないとこがいいな」

杖《つえ》をトランクに投げ入れながら、ロンが言った。

「へぼ呪文め……ジョージから習ったんだ。ダメ呪文だって、あいつは知ってたにちがいない」

「君の兄さんたちってどこの寮なの？」とハリーが聞いた。

「グリフィンドール」ロンはまた落ち込んだようだった。

「ママもパパもそうだった。もし僕がそうじゃなかったら、なんて言われるか。レイブンクローだったらそれほど悪くないかもしれないけど、スリザリンなんかに入れられたら、それこそ最悪だ」

「そこって、ヴォル……つまり、『例のあの人』がいたところ？」

「ああ」

ロンはそう言うと、ガックリと席に座り込んだ。

「あのね、スキャバーズのひげの端っこのほうが少し黄色っぽくなってきたみたい」

ハリーはロンが寮のことを考えないように話しかけた。

「それで、大きい兄さんたちは卒業してから、なにしてるの？」

魔法使いって、卒業したあといったいなにをするんだろうと、ハリーは疑問に思った。

「チャーリーはルーマニアでドラゴンの研究。ビルはアフリカでなにかグリンゴッツの仕事をしてる」とロンが答えた。

「グリンゴッツのこと、聞いた？『日刊予言者新聞《にっかんよげんしゃしんぶん》』にベタベタ出てるよ。でもマグルのほうには配達されないね……だれかが、特別警戒の金庫を荒らそうとしたらしいよ」

ハリーは目を丸くした。

「ほんと？　それで、どうなったの？」

「なーんも。だから大ニュースなのさ。捕まらなかったんだよ。グリンゴッツに忍び込むなんて、きっと強力な闇の魔法使いだろうって、パパが言うんだ。でも、なんにも盗《と》っていかなかった。そこが変なんだよな。当然、こんなことが起きると、陰に『例のあの人』がいるんじゃないかって、みんな怖がるんだ」

ハリーはこのニュースを頭の中で反芻《はんすう》していた。「例のあの人」と聞くたびに、恐怖がチクチクとハリーの胸を刺すようになっていた。これも、「これが魔法界に入るってことなんだ」とは思ったが、なにも恐れずに「ヴォルデモート」と言っていたころのほうが気楽だった。

「君、クィディッチはどこのチームのファン？」ロンがたずねてきた。

「うーん、僕、どこのチームも知らない」ハリーは白状した。

「ひえー！」

ロンは物も言えないほど驚いた。

「まあ、そのうちわかると思うけど、これ、世界一おもしろいスポーツだぜ……」と言うなり、ロンは詳しく説明し出した。ボールは四個、七人の選手のポジションはどこ、兄貴たちと見にいった有名な試合がどうだったか、お金があればこんな箒《ほうき》を買いたい……ロンがまさにこれからがおもしろいと、専門的な話に入ろうとしていたとき、またコンパートメントの戸が開いた。今度は、「ヒキガエル探し」のネビルでもハーマイオニーでもなかった。

少年が三人入ってきた。ハリーは真ん中の一人がだれであるか一目でわかった。あのマダム・マルキン洋装店にいた、青白い子だ。ダイアゴン横丁のときよりずっと強い関心を示してハリーを見ている。

「ほんとかい？　このコンパートメントにハリー・ポッターがいるって、汽車の中じゃその話で持ち切りなんだけど。それじゃ、君なのか？」

「そうだよ」とハリーが答えた。

ハリーはあとの二人に目をやった。二人ともがっしりとして、この上なく意地悪そうだった。青白い少年の両脇に立っていると、ボディガードのようだ。

「ああ、こいつはクラッブで、こっちがゴイルさ」

ハリーの視線に気づいた青白い少年が、無造作に言った。

「そして、僕はマルフォイだ。ドラコ・マルフォイ」

ロンは、クスクス笑いをごまかすかのように軽く咳《せき》ばらいをした。ドラコ・マルフォイが目ざとくそれを見咎《みとが》めた。

「僕の名前が変だとでも言うのかい？　君がだれだかは聞く必要もないね。パパが言ってたよ。ウィーズリー家はみんな赤毛で、そばかすで、育てきれないほどたくさん子供がいるってね」

それからハリーに向かって言った。

「ポッター君。そのうち家柄のいい魔法族と、そうでないのとがわかってくるよ。まちがったのとはつき合わないことだね。そのへんは僕が教えてあげよう」

男の子はハリーに手を差し伸べて握手を求めたが、ハリーは応じなかった。

「まちがいかどうか、見分けるのは自分でもできると思うよ。どうもご親切さま」

ハリーは冷たく言った。

ドラコ・マルフォイは真っ赤にはならなかったが、青白い頬にピンク色がさした。

「ポッター君。僕ならもう少し気をつけるがね」

からみつくような言い方だ。

「もう少し礼儀を心得ないと、君の両親と同じ道をたどることになるぞ。君の両親も、なにが自分の身のためになるかを知らなかったようだからね。ウィーズリー家やハグリッドみたいな下等な連中と一緒にいると、君も同類になるだろうよ」

ハリーもロンも立ち上がった。ロンの顔は髪の毛と同じくらい赤くなった。

「もう一ぺん言ってみろ」ロンがさけんだ。

「へえ、僕たちとやるつもりかい？」マルフォイはせせら笑った。

「いますぐ出ていかないならね」ハリーはきっぱり言った。

クラッブもゴイルも、ハリーやロンよりずっと大きかったので、内心は言葉ほど勇敢ではなかった。

「出ていく気分じゃないな。君たちもそうだろう？　僕たち、自分の食べ物は全部食べちゃったし、ここにはまだあるようだし」

ゴイルはロンのそばにある蛙《かえる》チョコに手を伸ばした……ロンは跳びかかった。しかし、ロンが触わるか触わらないかのうちに、ゴイルが恐ろしい悲鳴を上げた。

ねずみのスキャバーズが指に食らいついている。鋭い小さい歯がゴイルの指にガップリと食い込んでいる……ゴイルはスキャバーズをぐるぐる振り回し、わめき、クラッブとマルフォイはあとずさりした。やっと振り切って、スキャバーズは窓にたたきつけられ、三人とも足早に消え去った。ひょっとすると、菓子にもっとねずみが隠れていると思ったのかもしれないし、だれかの足音が聞こえたのかもしれない。

ハーマイオニー・グレンジャーがまもなく顔を出した。

「いったいなにやってたの?」

床いっぱいに菓子が散らばっている上に、ロンはスキャバーズのしっぽをつかんでぶら下げていた。

「こいつ、ノックアウトされちゃったみたい」ロンはハリーにそう言いながら、もう一度よくスキャバーズを見た。

「ちがう……驚いたなあ……また眠っちゃってるよ」

本当に眠っていた。

「マルフォイに会ったことあるの?」

ハリーはダイアゴン横丁での出会いを話した。

「僕、あの家族のことを聞いたことがある」

ロンが暗い顔をした。

『例のあの人』が消えたとき、まっ先にこっち側にもどってきた家族の一つなんだ。魔法をかけられてたって主張したんだって。パパは信じないって言ってた。マルフォイの父親なら、闇の陣営に味方するのに特別な口実はいらなかったろうって」

ロンはハーマイオニーのほうを振り向いて、いまさらながらたずねた。

「なにかご用？」

「二人とも急いだほうがいいわ。ローブを着て。私、前の車輌に行って運転士に聞いてきたんだけど、もうまもなく着くって。二人とも、けんかしてたんじゃないでしょうね？　まだ着いてもいないうちから問題になるわよ！」

「スキャバーズがけんかしてたんだ。僕たちじゃないよ」

ロンはしかめ面でハーマイオニーを睨《にら》みながら言った。

「よろしければ、着替えるから出てってくれないかな？」

「いいわよ——みんなが通路で駆けっこしたりして、あんまり子供っぽい振る舞いをするもんだから、様子を見にきてみただけよ」

ハーマイオニーはツンと小ばかにしたような声を出した。

「ついでだけど、あなたの鼻、泥がついてるわよ。気がついてた？」

ロンは、ハーマイオニーが出ていくまで睨みつけていた。ハリーが窓からのぞくと外は暗くなっていた。深い紫色の空の下に山や森が見えた。汽車はたしかに徐々に速度を落としているようだ。

二人は上着を脱ぎ、黒い長いローブを着た。ロンのはちょっと短すぎて、下からスニーカーがのぞいている。

車内に響き渡る声が聞こえた。

「あと五分でホグワーツに到着します。荷物は別に学校に届けますので、車内に置いていってください」

ハリーは緊張で胃がひっくり返りそうだったし、ロンはそばかすだらけの顔が青白く見えた。二人は残った菓子を急いでポケットに詰め込み、通路にあふれる人の群れに加わった。

汽車はますます速度を落とし、そして完全に停車した。押し合いへし合いしながら列車の戸を開けて外に出ると、小さな、暗いプラットホームだった。夜の冷たい空気にハリーは身震いした。やがて生徒たちの頭上にゆらゆらとランプが近づいてきて、ハリーの耳に懐かしい声が聞こえた。

「イッチ年生！　イッチ年生はこっち！　ハリー、元気か？」

ハグリッドの大きなひげ面が、ずらりと揃った生徒の頭の向こうから笑いかけた。

「さあ、ついてこいよ――あとイッチ年生はいないかな？　足下に気をつけろ。いいか！　イッチ年生、ついてこい！」

滑ったりつまずいたりしながら、険しくて狭い小道を、みんなはハグリッドに続いて下りていった。右も左も真っ暗だったので、木が鬱蒼《うっそう》と生い茂っているのだろうとハリーは思った。みな黙々と歩いた。ヒキガエルに逃げられてばかりの少年、ネビルが、一、二回鼻をすすった。

「みんな、ホグワーツがまもなく見えるぞ」

ハグリッドが振り返りながら言った。

「この角を曲がったらだ」

「うぉーっ！」

一斉に歓声がわき起こった。

狭い道が急に開け、大きな黒い湖のほとりに出た。向こう岸に高い山がそびえ、そのてっぺんに壮大な城が見えた。大小さまざまな塔が立ち並び、キラキラと輝く窓が星空に浮かび上がっていた。

「四人ずつボートに乗って！」

ハグリッドは岸辺につながれた小船を指さした。ハリーとロンが乗り、ネビルとハーマイオニーが続いて乗った。

「みんな乗ったか?」

ハグリッドが大声を出した。一人でボートに乗っている。

「よーし、では、進めえ!」

ボート船団は一斉に動き出し、鏡のような湖面を滑るように進んだ。みな黙って、そびえ立つ巨大な城を見上げていた。向こう岸の崖に近づくにつれて、城が頭上にのしかかってきた。

「頭、下げぇー!」

先頭の何艘《なんそう》かが崖下に到着したとき、ハグリッドがかけ声をかけた。揃って頭を下げると、ボート船団は蔦《つた》のカーテンをくぐり、その陰に隠れてポッカリと空いている崖の入口へと進んだ。城の真下と思われる暗いトンネルをくぐると、地下の船着き場に到着した。全員が岩と小石の上に降り立った。

「ホイ、おまえさん!　これ、おまえのヒキガエルかい?」

みんなが下船したあと、ボートを調べていたハグリッドが声を上げた。

「トレバー!」

ネビルは大喜びで手を差し出した。生徒たちはハグリッドのランプの光につき従ってゴツゴツした岩の路を登り、湿った滑らかな草むらの城影の中にたどり着いた。

みなは石段を登り、巨大な樫《かし》の木の扉の前に集まった。

「みんな、いるか？　おまえさん、ちゃんとヒキガエル持っとるな？」

ハグリッドは大きなにぎり拳を振り上げ、城の扉を三回たたいた。

第7章　組分け帽子

扉がパッと開くと、エメラルド色のローブを着た背の高い黒髪の魔女が現れた。とても厳格な顔つきをしている。この人には逆らってはいけない、とハリーは直感した。

「マクゴナガル教授、イッチ年生のみなさんです」ハグリッドが報告した。

「ご苦労様、ハグリッド。ここからは私《わたくし》が預かりましょう」

マクゴナガル先生は扉を大きく開けた。玄関ホールはダーズリーの家がまるまる入りそうなほど広かった。石壁がグリンゴッツと同じような松明《たいまつ》の炎に照らされ、天井はどこまで続くかわからないほど高い。壮大な大理石の階段が正面から上へと続いている。

マクゴナガル先生に従って生徒たちは石畳のホールを横切っていった。入口の右手のほうから、何百人ものざわめきが聞こえた――全校生徒がもうそこに集まっているにちがいない——しかし、マクゴナガル先生はホールの脇にある小さな空き部屋に一年生を案内した。生徒たちは窮屈な部屋に詰め込まれ、不安そうにきょろきょろしながら互いに寄りそって立っていた。

「ホグワーツ入学おめでとう」マクゴナガル先生が挨拶をした。

「新入生の歓迎会がまもなく始まりますが、大広間の席につく前に、みなさんが入る寮を決めなくてはなりません。寮の組分けはとても大事な儀式です。ホグワーツにいる間、寮生が学校でのみなさんの家族のようなものです。教室で寮生と一緒に勉強し、寝るのも寮、自由時間は寮の談話室で過ごすことになります。

寮は四つあります。グリフィンドール、ハッフルパフ、レイブンクロー、スリザリンです。それぞれ輝かしい歴史があって、偉大な魔女や魔法使いが卒業しました。ホグワーツにいる間、みなさんのよい行いに対しては、自分の属する寮に得点が与えられますし、反対に規則に違反したときは寮の減点になります。学年末には、最高得点の寮に大変名誉ある寮杯《りょうはい》が授与されます。どの寮に入るにしても、みなさん一人ひとりが寮にとって誇りとなるよう望みます。

まもなく全校生徒、職員の前で組分けの儀式が始まります。待っている間、できるだけ身なりを整えておきなさい」

先生はそう言うと、ネビルのマントの結び目が左耳の下のほうにズレているのに目をやり、続いてロンの鼻の頭が汚れているのに目を止めた。ハリーはそわそわと髪をなでつけた。

「学校側の準備ができたらもどってきますから、静かに待っていてください」

マクゴナガル先生は部屋を出ていった。ハリーはゴクリと生唾を飲み込んだ。

「いったいどうやって寮を決めるんだろう」

ハリーはロンにたずねた。

「試験のようなものだと思う。すごく痛いってフレッドが言ってたけど、きっと冗談だ」

ハリーはドキドキしてきた。試験？　全校生徒がいる前で？　でも魔法なんてまだ一つも知らないし――いったい僕はなにをしなくてはいけないんだろう。ホグワーツに着いたとたんにこんなことがあるなんて、思ってもみなかった。ハリーは不安げにあたりを見渡したが、ほかの生徒もハリーと同じ気持ちのようだった。みなあまり話もしなかったが、ハーマイオニー・グレンジャーだけはどの呪文が試験に出るんだろうと、いままでに覚えた全部の呪文について早口でつぶやいていた。ハリーは必死にハーマイオニーの声を聞くまいとした。こんなに緊張したことはこれまでにない。以前、いったいどうやったのかはわからないが、ハリーが先生のかつらを青く変えてしまったという学校からの手紙をダーズリー家に持ち帰ったときでさえ、こんなにびくびくはしなかった。ハリーはドアをじっと見続けた。いまにもドアが開き、マクゴナガル先生がもどってきてハリーの暗い運命が決まるかもしれない。

そのとき、突然不思議なことが起こった。ハリーは驚いて三十センチも宙に跳び上がってしまい、ハリーの後ろにいた生徒たちは悲鳴を上げた。

「いったい……？」

ハリーは息を呑《の》んだ。まわりの生徒も息を呑んだ。後ろの壁からゴーストが二十人くらい現れたのだ。真珠のように白く、少し透き通っている。みな一年生のほうにはほとんど目もくれず、互いに話をしながらするすると部屋を横切っていった。なにやら議論しているようだ。太った小柄な修道士らしいゴーストが言う。

「もう許して、忘れなされ。彼にもう一度だけチャンスを与えましょうぞ」

「修道士さん。ピーブズには、あいつにとって十分すぎるくらいのチャンスをやったではないか。我々の面汚しですよ。しかも、ご存知のように、やつは本当のゴーストではない――おや、君たち、ここでなにをしてるのかな」

ひだがある襟《えり》のついた服を着て、タイツをはいたゴーストが、急に一年生たちに気づいて声をかけた。だれも答えなかった。

「新入生じゃな。これから組分けされるところか?」

太った修道士が一年生にほほえみかけた。生徒の二、三人が黙ってうなずいた。

「ハッフルパフで会えるとよいな。わしはそこの卒業生じゃからの」と修道士が言った。

「さあ行きますよ」厳しい声がした。

「組分け儀式が、まもなく始まります」

マクゴナガル先生がもどってきたのだ。ゴーストは一人ずつ、壁を抜けてふわふわと出ていった。

「さあ、一列になって。ついてきてください」マクゴナガル先生が命じた。

足が鉛になったようだ。妙に重い。ハリーは黄土色の髪の少年の後ろに並び、そのあとにはロンが続いた。一年生は部屋を出てふたたび玄関ホールにもどり、そこから二重扉を通って大広間に入った。

そこには、ハリーが夢にも見たことのない、不思議ですばらしい光景が広がっていた。何千という蠟燭《ろうそく》が空中に浮かび、四つの長テーブルを照らしていた。テーブルには上級生たちが着席し、キラキラ輝く金色の皿とゴブレットが置いてあった。広間の上座にはもう一つ長テーブルがあって、教師たちが座っていた。マクゴナガル先生は上座のテーブルのところまで一年生を引率し、上級生のほうに顔を向け、教師たちに背を向ける格好で一列に並ばせた。一年生を見つめる何百という顔が、蠟燭《ろうそく》のチラチラする明かりで青白い提灯《ランタン》のように見えた。その中で、あちらこちらにゴーストが銀色の霞のように光っていた。みなが見つめる視線から逃れるようにハリーが天井を見上げると、ビロードのような黒い空に星が点々と光っていた。

「本当の空に見えるように魔法がかけられているのよ。『ホグワーツの歴史』に書いてあったわ」ハーマイオニーがそう言うのが聞こえた。

そこに天井があるなんてとても思えない。大広間はまさに天空に向かって開いているように感じられた。

マクゴナガル先生が一年生の前に黙って四本脚の丸椅子を置いたので、ハリーはあわてて視線を前にもどした。椅子の上には魔法使いのかぶる尖《とんが》り帽子が置かれた。この帽子ときたら、つぎはぎのボロボロで、とても汚らしかった。ペチュニアおばさんだったら、こんな帽子は家の中に置いておかないだろう。

もしかしたら帽子からウサギを出すのかな。あてずっぽうにハリーはそんなことを考えていたが、みなが帽子をじっと見つめているのに気づいて、ハリーも帽子を見た。広間は水を打ったように静かになった。すると、帽子がピクピク動いた。つばの縁《へり》の破れ目が、まるで口のように開いて、帽子が歌い出した。

私はきれいじゃないけれど
人は見かけによらぬもの
私をしのぐ賢い帽子
あるなら私は身を引こう
山高帽子は真っ黒だ
シルクハットはすらりと高い
私はホグワーツの組分け帽子
彼らの上を行くこの私
君の頭に隠れたものを
組分け帽子はお見通し
かぶれば君に教えよう
君が行くべき寮の名を

グリフィンドールに行くならば
勇気ある者が住《す》まう寮
勇猛果敢な騎士道で
ほかとはちがうグリフィンドール

ハッフルパフに行くならば
君は正しく忠実で
忍耐強く真実で
苦労を苦労と思わない

古き賢きレイブンクロー
君に意欲があるならば
機知と学びの友人を
ここで必ず得るだろう

スリザリンではもしかして
君はまことの友を得る
どんな手段を使っても
目的遂げる狡猾《こうかつ》さ

かぶってごらん！　恐れずに！
興奮せずに、お任せを！
君を私の手にゆだね（私は手なんかないけれど）
だって私は考える帽子！

歌が終わると広間にいた全員が拍手喝采をした。四つのテーブルにそれぞれお辞儀して、帽子は元のように静かになった。

「僕たちはただ帽子をかぶればいいんだ！　フレッドのやつ、やっつけてやる。トロールと取っ組み合いさせられるなんて言って」ロンがハリーにささやいた。

ハリーは弱々しくほほえんだ。

――そりゃ、呪文よりも帽子をかぶるほうがずっといい。だけど、だれも見ていないところでかぶるんだったらもっとよかったのに。

帽子はかなり要求が多いように思えた。いまのところハリーは勇敢でもないし、機知があるわけでもないし、どの要求にも当てはまらないような気がした。帽子が、〝少し気分が悪い生徒の寮〟と歌ってくれていたなら、まさにそれがいまのハリーだったのに。

マクゴナガル先生が長い羊皮紙《ようひし》の巻紙を手にして前に進み出た。

「ABC順に名前を呼ばれたら、帽子をかぶって椅子に座り、組分けを受けてください」

「アボット、ハンナ！」

ピンクの頬をした、金髪のおさげの少女が、転がるように前に出てきた。帽子をかぶると目が隠れるほどだった。腰掛けた。一瞬の沈黙……。

「ハッフルパフ！」と帽子がさけんだ。

右側のテーブルから歓声と拍手が上がり、ハンナはハッフルパフのテーブルに着いた。ハリーは、太った修道士のゴーストがハンナに向かってうれしそうに手を振るのを見た。

「ボーンズ、スーザン！」

帽子がまた「ハッフルパフ！」とさけび、スーザンは小走りでハンナの隣に座った。

「ブート、テリー！」

「レイブンクロー！」

今度は左端から二番目のテーブルに拍手がわき、テリーが行くと何人かが立って握手で迎えた。

次の「ブロックルハースト、マンディ」もレイブンクローだったが、その次に呼ばれた「ブラウン、ラベンダー」がはじめてグリフィンドールになった。一番左端のテーブルからはじけるような歓声が上がった。ハリーはロンの双子の兄たちがヒューッと口笛を吹くのを見た。

そして「ブルストロード、ミリセント」はスリザリンになった。スリザリンについてあれこれ聞かされたので、ハリーの思い込みなのかもしれないが、この寮の連中はどうも感じが悪そうにハリーには思えた。

ハリーはますます決定的に気分が悪くなってきた。学校で体育の時間にチームを組んだときのことを思い出した。ハリーが下手だからというわけではなく、ハリーを誘えばダドリーに目をつけられるのがいやで、だれもがいつも最後までハリーを除《の》け者にした。

「フィンチ-フレッチリー、ジャスティン！」

「ハッフルパフ！」

帽子がすぐに寮名を呼び上げるときと、決定までしばらくかかるときがあることにハリーは気づいた。ハリーの前に並んでいた黄土色の髪をした少年、「フィネガン、シェーマス」など、まるまる一分の間椅子に座っていた。それからやっと帽子は「グリフィンドール」と宣言した。

「グレンジャー、ハーマイオニー！」

ハーマイオニーは走るようにして椅子に座り、待ちきれないといった様子でぐいっと帽子をかぶった。

「グリフィンドール！」

帽子がさけぶ。同時にロンがうめいた。

ハリーは急に恐ろしい考えにとらわれた。どの寮にも選ばれなかったらどうしよう。ドキドキしているから、そんな考えが浮かんでくるのだ。帽子を目の上までかぶったまま永遠に座り続けている――ついにマクゴナガル先生がやってきて帽子をさっと頭から取り上げ、なにかのまちがいだったから汽車に乗ってお帰りなさい、と言う

――もしそうなったらどうすればいいのだろう?

ヒキガエルに逃げられてばかりいた「ロングボトム、ネビル」が呼ばれた。ネビルは椅子まで行く途中で転んでしまった。決定にしばらくかかったが、帽子はやっと「グリフィンドール!」とさけんだ。

ネビルは帽子をかぶったまま駆け出してしまい、爆笑の中をとぼとぼもどって、次の「マクドゥガル、モラグ」に帽子を渡した。

マルフォイは名前を呼ばれるとふんぞり返って前に進み出た。望みはあっという間にかなった。帽子はマルフォイの頭に触れるか触れないかのうちに「スリザリン!」とさけんだ。

マルフォイは満足げに、仲間のクラッブやゴイルのいる席に着いた。残っている生徒は少なくなってきた。

「ムーン」……「ノット」……「パーキンソン」……、双子の「パチル」姉妹……「パークス、サリー-アン」……、そして、ついに――。

「ポッター、ハリー!」

ハリーが前に進み出ると、突然広間中にシーッというささやきが波のように広がった。

「ポッターって、そう言った？」

「あのハリー・ポッターなの？」

帽子がハリーの目の上に落ちる直前までハリーが見ていたのは、広間中の人たちが首を伸ばしてハリーをよく見ようとする様子だった。次の瞬間、ハリーは帽子の内側の闇を見ていた。ハリーはじっと待った。

「フーム」低い声がハリーの耳の中で聞こえた。

「難しい。非常に難しい。ふむ、勇気に満ちている。頭も悪くない。才能もある。おう、なんと、なるほど……自分の力を試したいというすばらしい欲望もある。いや、おもしろい……さて、どこに入れたものかな？」

ハリーは椅子の縁《へり》をにぎりしめ、「スリザリンはだめ、スリザリンはだめ」と思い続けた。

「スリザリンはいやなのかね？」小さな声が言った。

「確かかね？　君は偉大になる可能性があるのだよ。そのすべては君の頭の中にある。スリザリンに入ればまちがいなく偉大になる道が開ける。いやかね？　よろしい、君がそう確信しているなら……むしろ、グリフィンドール！」

ハリーは帽子が最後の言葉を広間全体に向かってさけぶのを聞いた。帽子を脱ぎ、ハリーはふらふらとグリフィンドールのテーブルに向かった。選んでもらえた。しかもスリザリンではなかった。その安堵感でハリーの頭はいっぱいになり、最高の割れるような歓声に迎えられていることにも、まったく気づかなかった。監督生《かんとくせい》パーシーも立ち上がり、力強くハリーと握手した。双子のウィーズリー兄弟は、「ポッターを取った！　ポッターを取った！」と歓声を上げていた。

ハリーはさっき出会ったひだ襟服《えりふく》のゴーストと向かい合って座った。ゴーストはハリーの腕を軽くたたいた。とたんにハリーは冷水の入ったバケツに腕を突っ込んだようにゾクッとした。

寮生のテーブルに着いたので、ハリーははじめて上座の来賓席を見ることができた。ハリーに近いほうの端にハグリッドが座っていた。ハリーと目が合うと、親指を上げて「よかった」という合図をした。ハリーも笑顔を返した。来賓席の真ん中の大きな金色の椅子に、アルバス・ダンブルドアが座っていた。汽車の中で食べた蛙《かえる》チョコレートのカードに写真があったので、すぐにその人だとわかった。広間の中では、ゴーストとダンブルドアの白髪だけが同じようにキラキラ輝いているだけだった。「漏《も》れ鍋《なべ》」にいた若い神経質なクィレル先生もいた。大きな紫のターバンをつけた姿がひときわへんてこりんだった。

まだ組分けがすんでいないのはあと三人だけになった。「ターピン、リサ」はレイブンクローになった。次はロンの番だ。ロンは青ざめていた。ハリーはテーブルの下で手を組んで祈った。帽子はすぐに「グリフィンドール!」とさけんだ。

ハリーはみなと一緒に大きな拍手をした。ロンはハリーの隣の椅子に崩れるように座った。

「ロン、よくやった。えらいぞ」

ハリーの隣から、パーシー・ウィーズリーがもったいぶって声をかけた。「ザビニ、ブレーズ」はスリザリンに決まった。マクゴナガル先生はくるくると巻紙をしまい、帽子を片づけた。

ハリーは空っぽの金の皿を眺めた。急にお腹がペコペコなのに気がついた。かぼちゃパイを食べたのが大昔のような気がした。

アルバス・ダンブルドアが立ち上がった。腕を大きく広げ、みなに会えるのがこの上もない喜びだというようににっこり笑った。

「おめでとう! ホグワーツの新入生、おめでとう! 歓迎会を始める前に、二言三言、言わせていただきたい。では、いきますぞ。そーれ! わっしょい! こらしょい! どっこらしょい! 以上!」ダンブルドアは席に着き、大広間にいる全員が拍手し歓声を上げた。ハリーは笑っていいのか悪いのかわからなかった。

「あの人……ちょっぴりおかしくない？」ハリーはパーシーに聞いた。

「おかしいだって？」

パーシーはうきうきしていた。

「あの人は天才だ！　世界一の魔法使いさ！　でも少しおかしいかな、うん。君、ポテト食べるかい？」

ハリーは呆気《あっけ》にとられた。目の前にある大皿が食べ物でいっぱいになっている。こんなにたくさん、ハリーの食べたい物ばかりが並んでいるテーブルは見たことがない。ローストビーフ、ローストチキン、ポークチョップ、ラムチョップ、ソーセージ、ベーコン、ステーキ、茹《ゆ》でたポテト、グリルポテト、フレンチフライ、ヨークシャープディング、豆、にんじん、グレービー、ケチャップ、そしてなぜか……ハッカ入りキャンディ。

ダーズリー家では飢え死にこそしなかったが、一度も腹いっぱい食べさせてはもらえなかった。ハリーが食べたいものは、たとえ食べすぎて気持ちが悪くなっても、すべてダドリーが取り上げてしまった。ハリーは、ハッカ入りキャンディ以外は全部少しずつ皿に取って食べはじめた。どれもこれもおいしかった。

「おいしそうですね」

ハリーがステーキを切っていると、ひだ襟服《えりふく》のゴーストが悲しげに言った。

「食べられないの？」

「かれこれ五百年、食べておりません。もちろん食べる必要はないのですが、でもなつかしくて。まだ自己紹介しておりませんでしたね。ニコラス・ド・ミムジー－ポーピントン卿《きょう》と言います。お見知りおきを。グリフィンドール塔に住むゴーストです」

「僕、あなたのこと知ってる！」ロンが突然口を挟んだ。

「兄さんたちからあなたのこと聞いてるよ。『ほとんど首無しニック』だ！」

「呼んでいただくのであれば、むしろニコラス・ド・ミムジー……」

とゴーストがあらたまった調子で言いかけたが、黄土色の髪のシェーマス・フィネガンが割り込んできた。

「ほとんど首無し？　どうしてほとんど首無しになれるの？」

ニコラス卿は会話がどうも自分の思う方向に進んでいかないので、ひどく気に障《さわ》ったようだった。

「ほら、このとおり」

ニコラス卿は腹立たしげに自分の左耳をつかみ引っ張った。頭が首からグラッとはずれ、蝶番《ちょうつがい》で開くように肩の上に落ちた。だれかが首を切ろうとして、切りそこねたらしい。生徒たちが驚くので「ほとんど首無しニック」はうれしそうな顔をして頭をひょいと元にもどし、咳《せき》ばらいをしてからこう言った。

「さて、グリフィンドール新入生諸君、今年こそ寮対抗優勝カップを獲得できるようがんばってくださるでしょうな？　グリフィンドールがこんなに長い間負け続けたことはない。スリザリンが六年連続で寮杯《りょうはい》を取っているのですぞ！『血みどろ男爵』はもう鼻持ちならない状態です……スリザリンのゴーストですがね」

ハリーがスリザリンのテーブルを見ると、身の毛もよだつようなゴーストが座っていた。虚ろな目、げっそりとした顔、衣服は銀色の血でべっとり汚れている。マルフォイのすぐ隣に座っていたが、マルフォイはその席がお気に召さない様子なので、ハリーはなんだかうれしかった。

「どうして血みどろになったの」と興味津々のシェーマスが聞いた。

「私、聞いてみたこともありません」と「ほとんど首無しニック」が言葉を濁した。

全員がお腹いっぱいになったところで食べ物は消え去り、皿は前と同じようにピカピカになった。まもなくしてデザートが現れた。ありとあらゆる味のアイスクリーム、アップルパイ、糖蜜《とうみつ》パイ、エクレア、ジャムドーナツ、トライフル、いちご、ゼリー、ライスプディングなどなど……。

ハリーが糖蜜パイを食べていると、家族の話題になった。

「僕はハーフなんだ。僕のパパはマグルで、ママは結婚するまで魔女だと言わなかったんだ。パパはずいぶんドッキリしたみたいだよ」とシェーマスが言った。

みんな笑った。

「ネビルはどうだい」ロンが聞いた。

「僕、ばあちゃんに育てられたんだけど、ばあちゃんが魔女なんだ」

ネビルが話し出した。

「でも僕の家族はずうっと僕が純粋マグルだと思ってたみたい。アルジー大おじさんときたら、僕に不意打ちを食わせてなんとか僕から魔法の力を引き出そうとしたの――僕をブラックプールの桟橋の端から突き落としたりして、もう少しで溺《おぼ》れるところだった。でも八歳になるまでなんにも起こらなかった。八歳のとき、アルジー大おじさんがうちにお茶にきて、ぼくの足首をつかんで二階の窓からぶら下げたんだ。ちょうどそのときエニド大おばさんがメレンゲ菓子を持ってきたから、大おじさんたらうっかり手を離してしまったんだ。だけど、僕は毬《まり》みたいにはずんだんだ――庭に落ちて道路までね。それを見てみんな大喜びだった。ばあちゃんなんか、うれし泣きだよ。この学校に入学することになったときのみんなの顔を見せたかったよ。みんな僕の魔法力じゃむりだと思ってたらしい。アルジー大おじさんなんかとても喜んでヒキガエルを買ってくれたんだ」

テーブルの反対側では、パーシーとハーマイオニーが授業について話していた。

「ほんとに、早く始まればいいと思うわ。勉強することがいっぱいあるんですもの。私、特に変身術に興味があるの。ほら、なにかをほかのものに変えるっていう術。もちろんすごく難しいって言われてるけど……」

「はじめは小さなものから試すんだよ。マッチを針に変えるとか……」

ハリーは体が温かくなり、眠くなってきた。来賓席を見上げると、ハグリッドはゴブレットでぐいぐい飲んでいた。マクゴナガル先生はダンブルドア先生と話をしている。ばかばかしいターバンを巻いたクィレル先生は、ねっとりした黒髪、鉤鼻《かぎばな》、土気色の顔をした先生と話していた。

突然それは起こった。鉤鼻の先生がクィレル先生のターバン越しにハリーと目を合わせたとたん、ハリーの額《ひたい》の傷に痛みが走った。

「イタッ！」ハリーはとっさに手でパシリと額を覆った。

「どうした?」パーシーがたずねた。

「な、なんでもないです」

痛みは急に走り、同じように急に消えた。しかしあの目つきから受けた感触は、簡単には振りはらえなかった。あの目はハリーが大嫌いだと言っていた……。

「あそこでクィレル先生と話しているのはどなたですか」とパーシーに聞いてみた。

「おや、クィレル先生はもう知ってるんだね。あれはスネイプ先生だ。道理でクィレル先生がおどおどしてるわけだ。スネイプ先生は魔法薬学を教えているんだけれど、本当はその学科は教えたくないらしい。クィレルの席を狙ってるって、みんな知ってるよ。闇の魔術にすごく詳しいんだ、スネイプって」

ハリーはスネイプをしばらく見つめていたが、スネイプは二度とハリーのほうを見なかった。

とうとうデザートも消えてしまい、ダンブルドア先生がふたたび立ち上がった。広間中がシーンとなった。

「エヘン——全員よく食べ、よく飲んだことじゃろうから、また二言三言。新学期を迎えるにあたり、いくつかお知らせがある。一年生に注意しておくが、構内にある森に入ってはならぬ。これは上級生にも言えることじゃ。何人かの生徒たちには、特に注意しておきますぞ」

ダンブルドアはキラキラッとした目で双子のウィーズリー兄弟を見た。

「管理人のフィルチさんから、授業の合間に廊下で魔法を使わないようにという注意がありました」

「今学期は二週目にクィディッチの予選がある。寮のチームに参加したい人はマダム・フーチに連絡すること」

「最後にじゃが、とても痛い死に方をしたくない者は、今年いっぱい四階の右側の廊下には入らぬことじゃの」

ハリーは笑ってしまったが、笑った生徒はほんの少数だった。

「まじめに言ってるんじゃないよね？」

ハリーはパーシーに向かってつぶやいた。

「いや、まじめだよ」

パーシーがしかめ面でダンブルドアを見ながら言った。

「へんだな、どこか立入禁止の場所があるときは、いつも必ず理由を説明してくれるのに……森には危険な動物がたくさんいる。それはだれでも知っている。せめて僕たち監督生《かんとくせい》にはわけを言ってくれてもよかったのに」

「では、寝る前に校歌を歌うとしようぞ！」

ダンブルドアが声を張り上げた。ハリーには、ほかの先生方の笑顔が急にこわばったように見えた。

ダンブルドアが魔法の杖《つえ》をまるで杖先に止まったハエを振りはらうようにヒョイと動かすと、金色のリボンが長々と流れ出てテーブルの上高く昇り、ヘビのようにクネクネと曲がって文字を書いた。

「みんな自分の好きなメロディーで。では、さん、し、はい！」

学校中が大声でうなった。

ホグワーツ　ホグワーツ　ホグホグ　ワツワツ　ホグワーツ
教えて　どうぞ　僕たちに
老いても　ハゲても　青二才でも
頭にゃ　なんとか詰め込める
おもしろいものを詰め込める
いまは空っぽ　空気詰め

死んだハエやら　がらくた詰め
教えて　価値のあるものを
教えて　忘れてしまったものを
ベストを尽くせば　あとはお任せ
学べよ脳みそ　腐るまで

みんなバラバラに歌い終えた。とびきり遅い葬送行進曲で歌っていた双子のウィーズリー兄弟が最後まで残った。ダンブルドアはそれに合わせて最後の何小節かを魔法の杖《つえ》で指揮し、二人が歌い終わると、だれにも負けないくらい大きく拍手をした。

「ああ、音楽とはなににも優る魔法じゃ」

感激の涙を拭いながらダンブルドアが言った。

「さあ、諸君、就寝時間。駆け足！」

グリフィンドールの一年生はパーシーに続いてペチャクチャと騒がしい人込みの中を通り、大広間を出て大理石の階段を上がった。ハリーの足はまた鉛のように重くなったが、今度は疲れと満腹のせいだった。とても眠かったので、廊下を通る際、壁にかけてある肖像画の人物がささやいたり生徒を指さしたりしていることも気にならず、パーシーが引き戸の陰とタペストリーの裏の隠しドアを二度も通り抜けたこともなんとも思わなかった。あくびをし、足を引きずりながら階段また階段を上り、いったいあとどのくらいかかるのだろうとハリーが思ったとたん、突然全員の足が止まった。

前方に杖《つえ》がひと束、空中に浮いていた。パーシーが一歩前進すると杖がバラバラと飛びかかってきた。

「ピーブズだ」

とパーシーが一年生にささやいた。

「ポルターガイストのピーブズだよ」

パーシーは大声を出した。

「ピーブズ、姿を見せろ」

風船から空気が抜けるような、大きい無作法な音がそれに応えた。

『血みどろ男爵』を呼んできてもいいのか?」

ポンと音がして、意地悪そうな暗い目の、大きな口をした小男が現れた。あぐらをかき、杖の束をつかんで空中に漂っている。

「おおおおお！　かーわいい一年生ちゃん！　なんて愉快なんだ！」

小男は意地悪なかん高い笑い声を上げ、一年生めがけて急降下してきた。一同揃ってひょいと身をかがめた。

「ピーブズ、行ってしまえ。そうしないと男爵に言いつけるぞ。本気だぞ」

パーシーがどなった。

ピーブズはベーッと舌を出し、杖をネビルの頭の上に落とすと姿を消して、ついでにそこにあった鎧《よろい》をガラガラ言わせながら遠退《とおの》いていった。

「ピーブズには気をつけたほうがいい」

ふたたび歩き出しながらパーシーが言った。

「ピーブズをコントロールできるのは『血みどろ男爵』だけなんだ。僕ら監督生《かんとくせい》の言うことでさえ聞きゃしない。さあ、着いた」

廊下の突き当たりには、ピンクの絹のドレスを着たとても太った婦人《レディ》の肖像画がかかっていた。

「合言葉は?」とその婦人が聞いた。

「カプート　ドラコニス」

パーシーがそう唱えると、肖像画がパッと前に開き、その後ろの壁に丸い穴があるのが見えた。一同は、やっとのことでその高い穴に這《は》い登り——ネビルは足を持ち上

げてもらわなければならなかった——穴はグリフィンドールの談話室につながってい
た。心地よい円形の部屋で、ふかふかした肘掛椅子《ひじかけいす》がたくさん置いてあった。
パーシーの指示で、女子は女子寮に続くドアから、男子は男子寮に続くドアからそれぞれの部屋に入った。螺旋《らせん》階段のてっぺんに——いくつかある塔の一つにちがいない——やっとベッドが見つかった。深紅のビロードのカーテンがかかった、四本柱の天蓋《てんがい》つきベッドが五つ置いてあった。トランクはもう届いていた。くたくたに疲れてしゃべる元気もなく、みなすぐにパジャマに着替えてベッドに潜り込んだ。

「すごいごちそうだったね」

ロンがカーテン越しにハリーに話しかけた。

「スキャバーズ、やめろ！　こいつ、僕のシーツを噛《か》んでいる」

ハリーはロンに糖蜜《とうみつ》パイを食べたかどうか聞こうとしたが、あっという間に眠りに入ってしまった。

少々食べすぎたせいか、ハリーはとても奇妙な夢を見た。ハリーがクィレル先生のターバンをかぶっていて、そのターバンがハリーに絶え間なく話しかけてくる。

「すぐスリザリンに移らなくてはならない。それが運命なのだから」

それに対してハリーは答える。

「スリザリンには行きたくない」

そうすると、ターバンはだんだん重くなり、脱ごうとしても脱げない。それどころか痛いほどに締めつけてくる——そして、マルフォイがいる。ハリーがターバンと格闘しているのを笑いながら見ている——突然マルフォイの顔が鉤鼻《かぎばな》のスネイプに変わり、その高笑いが冷たく響く——緑色の光が炸裂《さくれつ》し、ハリーは汗びっしょりになって震えながら目を覚ました。

ハリーは寝返りを打ち、ふたたび眠りに落ちた。翌朝目覚めたとき、ハリーはその夢をまったく覚えていなかった。

第8章　魔法薬の先生

「見て、見て」

「どこ？」

「赤毛ののっぽの隣」

「メガネをかけてるやつ？」

「顔見た？」

「あの傷を見た？」

翌日ハリーが寮を出たとたんに、ささやき声がつきまとってきた。教室が開くのを外で行列して待っている生徒たちが、爪先立ちでハリーを見ようとしたり、廊下ですれちがったあとでわざわざ逆もどりしてきてじろじろ見たりした。ハリーにとっては迷惑この上なかった。教室を探すだけでも精一杯だったからだ。

ホグワーツには百四十二もの階段があった。壮大と言えるほど広い階段、狭いガタガタの階段、金曜日にはいつもとちがうところへつながる階段、真ん中あたりで毎回一段消えてしまうため忘れずにジャンプしなければならない階段……など。また、扉もいろいろあった。丁寧にお願いしないと開かない扉、正確に一定の場所をくすぐらないと開かない扉、扉のように見えるけれど実は硬い壁が扉のふりをしている扉などだ。さらには物という物が動いてしまうので、どこになにがあるのかを覚えるのも大変だった。肖像画の人物も始終互いに訪問し合っているし、鎧《よろい》だってきっと歩けるにちがいないとハリーは確信していた。

ゴーストも問題だった。扉を開けようとしているときに突然ゴーストがするりと扉を通り抜けたりすると、そのたびにヒヤッとした。「ほとんど首無しニック」はいつも喜んでグリフィンドールの新入生に道を教えてくれたが、授業に遅れそうなときにポルターガイストのピーブズに出くわすと、二回も鍵のかかった扉にぶつかり、仕掛け階段を通るはめに陥ったときと同じくらい時間がかかることもあった。ピーブズときたら、ゴミ箱を頭の上でぶちまけたり、足下の絨毯《じゅうたん》を引っ張ったり、チョークのかけらを次々とぶつけたり、姿を隠したまま後ろからそうっと忍び寄って鼻をつまみ、「釣れたぞ！」とキーキー声を上げたりした。

ピーブズよりやっかいなのは……そんなのがいるとすればの話だが……管理人のアーガス・フィルチだった。一日目の朝から、ハリーとロンは根性悪のフィルチに見事に大当たりしてしまった。むりやり開けようとした扉が運の悪いことに四階の立ち入り禁止廊下の入口だったその現場で、フィルチに見つかってしまったのだ。道に迷ったと言っても信用しない。わざと押し入ろうとしたにちがいない、地下牢に閉じ込めると脅された。そのときはちょうど通りかかったクィレル先生のおかげで二人は救われた。

フィルチはミセス・ノリスという猫を飼っていた。やせこけて埃《ほこり》っぽい色をした上に、目はフィルチそっくりのランプみたいな出目金の猫だ。ミセス・ノリスはひとりで廊下の見廻りをする。彼女の目の前で規則違反をしようものなら、たとえ足の指一本が境界線を越えただけでも、あっという間にフィルチにご注進となり、二秒後にはフィルチが息せき切って飛んでくる。フィルチは秘密の階段をだれよりもよく知っていたので（双子のウィーズリーには負けるかもしれないが）、ゴーストと同じくらい突然ひょいと現れた。生徒たちはみなフィルチが大嫌いで、ミセス・ノリスを一度しこたま蹴飛ばしたいというのが、みなの持つ密かな熱い願いだった。

やっと教室への道に慣れたからといって安心はできない。授業そのものが大変だったのだ。魔法とは、ただ杖《つえ》を振っておかしな呪《まじな》いの言葉を発するだけではないと、ハリーはたちまち思い知らされた。

水曜日の真夜中には、望遠鏡で夜空を観察し、星の名前や惑星の動きを勉強しなくてはならなかった。週に三回、ずんぐり小柄なスプラウト先生と城の裏にある温室に行き、「薬草学」を学ぶ。不思議な植物やきのこの育て方、どんな用途に使われるかなどを勉強するのだ。

なんと言っても一番退屈なのは「魔法史」で、これは唯一、ゴーストが教えるクラスだった。ビンズ先生は昔、教員室の暖炉の前で居眠りをしてしまい、そのときすでに相当の歳だったのだが、翌朝起きてクラスに向かうのに生身の体を教員室に置き去りにしてしまったのだそうだ。先生の物憂《ものう》げであまりに一本調子の講義のせいで、生徒たちは名前や年号をノートに取りながら、うっかり悪人エメリックと奇人ウリックを取りちがえてしまったりするのだった。

「妖精《ようせい》の呪文《じゅもん》」はフリットウィック先生の担当だった。ちっちゃな魔法使いで、本を積み上げた上に立ってやっと机越しに顔が出るほどだった。最初の授業で出席を取っている際に、ハリーの名前を見つけて興奮し、キャッと言ったとたんに転んで姿が見えなくなってしまった。

マクゴナガル先生はやはりほかの先生とはちがっていた。逆らってはいけない先生だというハリーの勘は当たっていた。厳格で聡明そのものの先生は、最初の授業で生徒たちが着席するなり説教を始めた。

「変身術は、ホグワーツで学ぶ魔法の中で最も複雑で危険なものの一つです。いいかげんな態度で私《わたくし》の授業を受ける生徒は出ていってもらいますし、二度とクラスには入れません。はじめから警告しておきます」

それから先生は机をブタに変え、また元の姿にもどしてみせた。生徒たちは感激して、早く試したくてうずうずした。しかし、家具を動物に変えられるようになるまでには、まだまだ時間がかかることがすぐに判明した。さんざん複雑なノートを取った後に一人ひとりにマッチ棒が配られ、それを針に変える実習が始まったからだ。授業が終わるまでにマッチ棒をわずかでも変身させることができたのは、ハーマイオニー・グレンジャーただ一人だった。マクゴナガル先生は、クラス全員に、彼女のマッチ棒がどんなに銀色で、どんなに尖《とが》っているかを見せたあと、ハーマイオニーに向かってめったに見せないほほえみを見せた。

みなが一番待ち望んでいた授業は、「闇の魔術に対する防衛術」だったが、クィレルの授業は肩すかしだった。教室にはにんにくの強烈な匂いがプンプン漂っていた。

噂《うわさ》では、これは先生がルーマニアで出会った吸血鬼を寄せつけないためで、いつまた襲われるかもしれないとびくびくしているようだ。クィレルの話では、ターバンはやっかいなゾンビをやっつけた際にアフリカの王子様が礼にとくれたものということだったが、生徒たちはどうも怪しいと訝《いぶか》しんでいた。というのは、シェーマス・フィネガンが張り切って、どうやってゾンビをやっつけたのかと質問すると、クィレルは赤くなって話をそらし、天気の話をしはじめたからだ。それに、ターバンがいつも変な匂いを漂わせていることにも、みなは気がついていた。双子のウィーズリーは、クィレルがどこにいても安全なように、ターバンにもにんにくを詰め込んでいるにちがいないと主張した。

ハリーは、ほかの生徒に比べて自分が大して遅れを取っていないことが判明し、ほっとしていた。マグル生まれの生徒も多く、彼らもハリーと同様、ここにくるまでは自分が魔法使いや魔女だとは夢にも思っていなかったようだ。学ぶことがありすぎて、ロンのような魔法家族の子でさえ、はじめから優位なスタートを切ったわけではなかった。

ハリーとロンにとって金曜日は記念すべき日になった。大広間に朝食に下りていくのに、はじめて一度も迷わずにたどりついたのだ。

「今日はなんの授業だっけ?」オートミールに砂糖をかけながら、ハリーがロンに聞いた。

「スリザリンの連中と一緒に、魔法薬学さ。スネイプはスリザリンの寮監《りょうかん》だ。いつもスリザリンを贔屓《ひいき》するってみんなが言ってる——本当かどうか今日わかるだろう」

ロンが答えた。

「マクゴナガルが僕たちを贔屓してくれたらいいのに」

ハリーはため息交じりに言葉を返した。

マクゴナガル先生はグリフィンドールの寮監だが、だからといって、昨日も山ほど宿題を出すのをためらうわけではなかった。

ちょうどそのとき郵便が届いた。もう見慣れた日常になっていたが、一番最初の朝食のときは、何百羽というふくろうが突然大広間になだれ込んできてテーブルの上を旋回し、飼い主を見つけると手紙や小包をその膝《ひざ》に落としていく光景に、ハリーは唖《あ》然《ぜん》としたものだった。

ヘドウィグはいままで、一度もなにも運んできたことがなかった。ときどき飛んできてはハリーの耳をかじったりトーストをかじったりしてから、ほかのふくろうとともに学校のふくろう小屋にもどって眠るのだった。ところが今朝は、マーマレードと砂糖入れの間にパタパタと降りてきて、ハリーの皿に手紙を置いていった。ハリーは急いで封を破るようにして開けた。

下手な字で走り書きがしてあった。

親愛なるハリー

金曜日の午後は授業がないはずだな。よかったら三時ごろお茶を飲みにきませんか。

君の最初の一週間がどんなだったかいろいろ聞きたいです。ヘドウィグに返事を持たせてください。

ハグリッド

ハリーはロンの羽根ペンを借りて手紙の裏に「はい。喜んで。ではまた、あとで」と返事を書き、ヘドウィグを飛ばせた。

ハグリッドとのお茶という楽しみがあったのはラッキーだった。なにしろ魔法薬学の授業が、最悪のクラスになってしまったからだ。

新入生の歓迎会のときから、スネイプ先生は自分のことを嫌っているとハリーは感じていた。魔法薬学の最初の授業で、ハリーは自分の考えがまちがいだったと悟った。スネイプはハリーのことを嫌っているのではなかった――憎んでいるのだった。

魔法薬学の授業は地下牢で行われた。ここは城の中にある教室より寒く、壁にずらりと並んだガラス瓶の中でアルコール漬けの動物がプカプカ浮いていなかったとしても、十分気味の悪い部屋だった。

フリットウィックと同じく、スネイプもまず出席を取った。そして、フリットウィックと同様、ハリーの名前で一瞬止まった。

「あぁ、さよう」猫なで声だ。「ハリー・ポッター。我らが新しい――スターの登場だね」

ドラコ・マルフォイは、仲間のクラッブやゴイルと冷やかし笑いを投げた。出席を取り終わると、先生は生徒を見渡した。ハグリッドと同じ黒い目なのに、ハグリッドのような温かみはひとかけらもない。冷たくて虚《うつ》ろで、暗いトンネルを思わせる目だった。

「このクラスでは、魔法薬調剤の微妙な科学と、厳密な芸術を学ぶ」

スネイプが話しはじめた。まるでつぶやくような話し方なのに、生徒たちは一言も聞き漏らさなかった――マクゴナガル先生と同じようにスネイプも、なにもしなくともクラスをしんとさせる能力を持っていた。

「このクラスでは杖《つえ》を振り回すようなばかげたことはやらん。そこで、これでも魔法かと思う諸君が多いかもしれん。ふつふつと沸く大釜、ゆらゆらと立ち昇る湯気、人の血管の中を這《は》い巡る液体の繊細な力、心を惑わせ、感覚を狂わせる魔力……諸君がこの見事さを真に理解するとはとうてい期待しておらん。我輩《わがはい》が教えるのは、名声を瓶詰《びんづ》めにし、栄光を醸造《じょうぞう》し、死にさえふたをする方法である――ただし、我輩がこれまでに教えてきたウスノロたちより諸君がまだましであれば、の話だが」

大演説のあとはクラス中が一層しんとなった。ハリーとロンは眉根《まゆね》をちょっと吊り上げて互いに目配せした。ハーマイオニー・グレンジャーは椅子の端に座り、身を乗り出すようにして、自分がウスノロではないと一刻も早く証明したくてうずうずしていた。

スネイプが突然、「ポッター！」と呼んだ。

「アスフォデルの球根の粉末にニガヨモギを煎《せん》じたものを加えるとなにになるか？」

なんの球根の粉末を、なにを煎じたものに加えるって？？？

ハリーはロンをちらっと見たが、ハリーと同じように「降参だ」という顔をしていた。ハーマイオニーが空中に高々と手を挙げた。

「わかりません」ハリーが答えた。

スネイプは口元でせせら笑った。

「チッ、チッ、チ――有名なだけではどうにもならんらしい」

ハーマイオニーの手は無視された。

「ポッター、もう一つ聞こう。ベゾアール石を見つけてこいと言われたら、どこを探すかね？」

ハーマイオニーが思いきり高く、椅子に座ったままで挙げられる限界まで高く手を伸ばした。ハリーには、ベゾアール石がいったいなんなのか見当もつかない。マルフォイ、クラッブ、ゴイルが身をよじって笑っているのを、ハリーはできるだけ見ないようにした。

「わかりません」

「授業にくる前に教科書を開いてみようとは思わなかった、というわけだな、ポッター、え？」

ハリーはがんばって、冷たい目をまっすぐに見つめ続けた。ダーズリーの家で、教科書に目を通しはした。スネイプは、「薬草ときのこ千種」を隅から隅までハリーが覚えたとでも思っているのだろうか。

スネイプはハーマイオニーの手がぷるぷる震えているのをまだ無視していた。

「ポッター、モンクスフードとウルフスベーンとのちがいはなんだね？」

この質問でとうとうハーマイオニーは椅子から立ち上がり、地下牢の天井に届かんばかりに手を伸ばした。

「わかりません」ハリーは落ち着いた口調で言った。「ハーマイオニーがわかっていると思いますから、彼女に質問してみたらどうでしょう？」

何人かの生徒が笑い声を上げた。ハリーとシェーマスの目が合い、シェーマスがウィンクした。しかし、スネイプは不快そうだった。

「座りなさい」スネイプがぴしゃりとハーマイオニーに言った。

「教えてやろう、ポッター。アスフォデルとニガヨモギを合わせると、眠り薬となる。あまりに強力なため、『生ける屍《しかばね》の水薬』と言われている。ベゾアール石は山羊の胃から取り出す石で、たいていの毒に対する解毒剤となる。モンクスフードとウルフスベーンは同じ植物で、別名をアコナイトとも言うが、トリカブトのことだ。どうだ？　諸君、なぜいま我輩の言ったことをノートに書き取らんのだ？」

いっせいに羽根ペンと羊皮紙《ようひし》を取り出す音がした。その音にかぶせるように、スネイプが言い放った。

「ポッター、君の無礼な態度で、グリフィンドールは一点減点」

その後も魔法薬の授業中、グリフィンドールの状況はよくなるどころではなかった。スネイプは生徒を二人ずつ組にして、おでき治療の簡単な薬を調合させた。長い黒マントを翻しながらスネイプは、生徒たちが干《ほし》イラクサを計りヘビの牙《きば》を砕くのを見回った。どうもお気に入りらしいマルフォイを除いて、ほとんど全員が注意を受けた。マルフォイが角《つの》ナメクジを完璧に茹《ゆ》でたからみな見るように、とスネイプがそう言った瞬間、地下牢いっぱいに強烈な緑色の煙が上がり、シューシューという大きな音が広がった。ネビルが、どういうわけかシェーマスの大鍋《おおなべ》を溶かしてねじれた小さな塊《かたまり》にしてしまい、こぼれた薬が石の床を伝って広がり、生徒たちの靴に焼けこげ穴を空けていた。たちまちクラス中の生徒が椅子の上に避難したが、ネビルは大鍋が割れた時にグッショリ薬をかぶってしまい、腕や足の至るところに真っ赤なおできが容赦なく噴き出し、痛くてうめき声を上げていた。

「ばか者！」

スネイプは一喝《いっかつ》した後、杖《つえ》を一振りしてこぼれた薬を取り除いた。

「おおかた、大鍋を火から下ろさないうちに、ヤマアラシの針を入れたのだろう?」

ネビルはおできが鼻にまで広がってきて、しくしく泣き出した。

「医務室へ連れていきなさい」苦々しげにスネイプがシェーマスに言いつけた。それから出し抜けに、ネビルの隣で作業をしていたハリーとロンに鉾先《ほこさき》を向けた。

「おい、ポッター、針を入れてはいけないと、なぜ言わなかった? 彼がまちがえば、自分がよく見えると考えたな? グリフィンドール、もう一点減点」

あまりに理不尽なので、ハリーは言い返そうと口を開きかけたが、ロンが大鍋の陰でスネイプに見えないようにハリーを小突いた。

「やめたほうがいい」とロンが小声で言った。

「スネイプはものすごく意地悪になるって、みんな言ってるよ」

一時間後、地下牢の階段を上がりながらハリーは頭が混乱し、滅入っていた。最初の一週間でグリフィンドールの点数を二点も減らしてしまった――いったいどうしてスネイプは僕のことをあんなに嫌うのだろうか?

「元気出せよ」ロンが言った。

「フレッドもジョージもスネイプにはしょっちゅう減点されてるんだ。ねえ、一緒にハグリッドに会いにいってもいい?」

三時五分前に城を出て、二人は校庭を横切った。ハグリッドは「禁じられた森」の端にある木の小屋に住んでいる。戸口に石弓と防寒用長靴が置いてあった。ノックすると、中からめちゃめちゃに戸を引っかく音と、ブーンとうなるような吠え声が数回聞こえてきた。

「さがれ、ファング、さがれ」ハグリッドの大声が響いた。

戸が少し開いて、隙間からハグリッドの大きなひげモジャの顔が現れた。

「待て、待て、さがれ、ファング」とハグリッドが言った。

ハグリッドは巨大な黒いボアーハウンド犬の首輪を押さえるのに苦労しながら、ハリーたちを招き入れた。

中は一部屋だけ。ハムやきじ鳥が天井からぶら下がり、焚き火にかけられた銅のヤカンには湯が沸いている。部屋の隅にはとてつもなく大きなベッドがあり、パッチワーク・キルトのカバーがかかっていた。

「くつろいでくれや」

ハグリッドが首輪を放すと、ファングは一直線にロンに飛びかかり、ロンの耳をなめはじめた。ハグリッドと同じように、ファングも見た目とちがってまったく怖くなかった。

「ロンです」とハリーが紹介した。

ハグリッドは大きなティーポットに熱い湯を注ぎ、ロックケーキを皿に載せた。

「ウィーズリー家の子かい。え？」

ロンのそばかすをちらっと見ながらハグリッドが言った。

「おまえさんの双子の兄貴たちを森から追っぱらうのに、おれは人生の半分を費やしてるようなもんだ」

ロックケーキは歯が折れるくらい堅かったけれど、二人ともおいしそうなふりをして食べながらはじめての授業についてハグリッドに話して聞かせた。ファングは頭をハリーの膝《ひざ》に載せ、服をよだれでぐちょぐちょにしていた。

ハグリッドがフィルチのことを「あの老いぼれ」と呼んだのでハリーとロンは大喜びした。

「あの猫だがな、ミセス・ノリスだ。いつかファングを引き合わせなくちゃな。おれが学校に行くとな、知っとるか？　いつでもずうっとおれをつけ回す。どうしても追いはらえん――フィルチのやつがそうさせとるんだ」

ハリーはスネイプの授業のことを話した。ハグリッドはロンと同じように、気にするな、スネイプは生徒という生徒はみんな嫌いなんだから、と言った。

「でも僕のこと本当に憎んでるみたい」

「ばかな。なんで憎まなきゃならん？」

そう言いながら、ハグリッドはまともにハリーの目を見なかった、とハリーにはそう思えてならなかった。

「チャーリー兄貴はどうしてる？」

ハグリッドがロンにたずねた。

「おれは奴《やっこ》さんが気に入っとった――動物にかけてはすごかった」

ハグリッドがわざと話題を変えたのではないかと、ハリーは勘ぐった。ロンがハグリッドに、チャーリーのドラゴンの仕事のことをいろいろ話している間、ハリーはテーブルの上に置かれたティーポット・カバーの下から一枚の紙切れを見つけた。「日《にっ》刊予言者新聞《かんよげんしゃしんぶん》」の切り抜きだった。

グリンゴッツ侵入さる

七月三十一日に起きたグリンゴッツ侵入事件については、知られざる闇の魔法使い、または魔女の仕業とされているが、捜査は依然として続いている。

グリンゴッツの小鬼たちは、今日になって、盗られたものはなにもなかったと主張した。荒された金庫は、実は侵入されたその日に、すでに空になっていた。

「そこになにが入っていたかについては申し上げられません。詮索《せんさく》しないほうがみなさんの身のためです」と今日午後、グリンゴッツの報道官は述べた。

ハリーは、ロンが汽車の中で話してくれたグリンゴッツ強盗事件のことを思い出した。ロンは事件の起きた日付までは言わなかった。

「ハグリッド！　グリンゴッツ侵入があったのは僕の誕生日だ！　僕たちがあそこにいる間に起きたのかもしれないよ！」とハリーが言った。

今度はまちがいない。ハグリッドは、ハリーからはっきり目をそらした。ハグリッドはウーッと言いながらまたロックケーキをすすめてきた。ハリーは記事を読み返した。

「荒された金庫は、実は侵入されたその日に、すでに空になっていた」

ハグリッドは七一三番金庫を空にした。汚い小さな包みを取り出すことが「空にする」と言えるなら、泥棒が探していたのはあの包みだったのか？

夕食に遅れないよう、ハリーとロンは城に向かって歩き出した。ハグリッドの親切を断りきれなかったため、ロックケーキでポケットが重かった。これまでのどんな授業よりもハグリッドとのお茶のほうがいろいろ考えさせられた。ハグリッドはあの包みを危機一髪で引き取ったのだろうか？　いま、あれはどこにあるのだろう？　スネイプについて、ハグリッドはハリーには言いたくない何事かを知っているのだろうか？

第9章　真夜中の決闘

ダドリーよりいやなやつがこの世の中にいるなんて、ハリーは思ってもみなかった。でもそれは、ドラコ・マルフォイと出会うまでの話だ。一年生では、グリフィンドールとスリザリンの合同授業は魔法薬学だけだったので、ハリーたちグリフィンドールの寮生もマルフォイのことでそれほどいやな思いをせずにすんでいた。少なくとも、寮の談話室に「お知らせ」が貼り出されるまではそうだった。掲示を読んで、みながっかりした。

飛行訓練は木曜日に始まります。グリフィンドールとスリザリンの合同授業です。

「そらきた。お望みどおりだ。マルフォイの目の前で箒《ほうき》に乗って、物笑いの種になるのさ」

なによりも空を飛ぶ授業を楽しみにしていたハリーの失望は、大きかった。

「そうなるとはかぎらないよ。あいつ、クィディッチがうまいって、いつも自慢してるけど、口先だけかもよ」

ロンの言うことも、もっともだった。

マルフォイはたしかによく飛行の話をした。一年生がクィディッチ・チームの寮代表選手になれないなんて残念だと、みなの前で聞こえよがしに不満を言ったりもしていた。マルフォイの長ったらしい自慢話は、なぜかいつも危うくマグルの乗ったヘリコプターをかわしたところで終わる。自慢するのはマルフォイばかりではない。子供のころいつも箒に乗って田舎の空を飛び回っていたとシェーマス・フィネガンは言っているし、聞いてくれる人さえいれば、ロンだってチャーリーのお古《ふる》の箒に乗ってハングライダーにぶつかりそうになった話をしたにちがいない。魔法使いの家の子はだれかれを問わず、暇さえあればクィディッチの話に花を咲かせていた。ロンは、同室のディーン・トーマスとサッカーについて大議論を闘わせていた。ロンにしてみれば、ボールがたった一つしかなく、しかも選手が飛べないゲームのどこがおもしろいのかわからない、というわけだ。ディーンの好きなウエストハム・サッカーチームのポスターの前で、ロンが選手を指でつついて動かそうとしているのをハリーは見たことがある。

ネビルはいままで、一度も箒に乗ったことがないと言う。ばあちゃんが決して近づかせなかったからで、ハリーも密かにおばあさんは正しいと思っている。だいたいネビルは両足が地面に着いていたって、ひっきりなしに事故を起こすのだから。

勉強の鬼のハーマイオニー・グレンジャーも、飛ぶことに関してはネビルと同じくらいピリピリしていた。これればかりは、本を読んで暗記すればいいというものでもない——だからといって彼女が飛行の本を読まなかったわけではない。木曜日の朝食時、ハーマイオニーは図書室で借りた『クィディッチ今昔《いまむかし》』で仕入れた飛行のコツをうんざりするほど話しまくった。ネビルだけは、いまハーマイオニーの話にしがみ・・・ついていれば、あとで箒にもしがみ・・・ついていられると思ったのか、必死で一言も聞き漏らすまいと傾聴していた。ふくろう便がやってきてハーマイオニーの講義がさえぎられたので、みな内心ホッとした。

ハグリッドの手紙のあと、ハリーにはただの一通もきていない。もちろんマルフォイはすぐにそれに気がついた。マルフォイのワシミミズクはいつも家から菓子の包みを運んできて、マルフォイはスリザリンのテーブルでいつも得意げにそれを広げてみせた。

メンフクロウがネビルに、おばあさんからの小さな包みを運んできた。ネビルはうきうきとそれを開けて、白い煙のようなものが詰まっているように見える大きなビー玉ぐらいのガラス玉をみなに見せた。

「『思い出し玉』だ！　ばあちゃんは僕が忘れっぽいこと知ってるから──なにか忘れてると、この玉が教えてくれるんだ。見ててごらん。こういうふうにギュッとにぎるんだよ。もし赤くなったら──あれれ……」

思い出し玉が突然真っ赤に光り出したので、ネビルは愕然《がくぜん》とした。

「……なにかを忘れてることがあるってことなんだけど……」

ネビルがなにを忘れたのか思い出そうとしているとき、マルフォイがグリフィンドールのテーブルのそばを通りかかり、玉をひったくった。

ハリーとロンははじけるように立ち上がった。二人ともマルフォイとけんかをする口実を心のどこかで待っていたのだ。ところがマクゴナガル先生がさっと現れた。いざこざを目ざとく見つけるのはいつもマクゴナガル先生だった。

「どうしたんですか？」

「先生、マルフォイが僕の『思い出し玉』を取ったんです」

マルフォイはしかめ面で、すばやく玉をテーブルにもどした。

「見てただけですよ」

そう言うと、マルフォイはクラッブとゴイルを従えてするりと逃げ去った。


その日の午後三時半、ハリーもロンも、グリフィンドールの仲間と一緒にはじめての飛行訓練を受けるため、正面階段から校庭へと急いだ。よく晴れた少し風のある日で、足下の草がサワサワと波立っていた。傾斜のある芝生を下り、校庭を横切って平坦な芝生まで歩いていくと、校庭の反対側に見える「禁じられた森」の、遠く暗い木々が揺れていた。

スリザリン寮生はすでに到着していて、二十本の箒《ほうき》が地面に整然と並べられていた。ハリーは双子のフレッドとジョージが、学校の箒のことをこぼしていたのを思い出した。高いところに行くと震え出す箒とか、どうしても少し左に行ってしまうくせがあるやつの話だ。

マダム・フーチがやってきた。白髪を短く切り、鷹のような黄色い目をしている。

「なにをぼやぼやしているんですか」開口一番ガミガミだ。「みんな箒のそばに立って。さあ、早く」

ハリーは自分の箒《ほうき》をちらりと見下ろした。古ぼけて、小枝が何本かとんでもない方向に飛び出している。

「右手を箒の上に突き出して」

マダム・フーチが掛け声をかけた。

「そして、『上がれ！』と言う」

全員が「上がれ！」とさけんだ。

ハリーの箒はすぐさま飛び上がってハリーの手に収まった。しかし、飛び上った箒は少なかった。ハーマイオニーの箒は地面をコロリと転がっただけで、ネビルの箒にいたってはピクリともしない。たぶん箒も馬と同じで乗り手の恐怖がわかるんだ、とハリーは思った。ネビルの震え声では、あからさまに地面に両足を着けていたいと言っているようなものだ。

次にマダム・フーチは、箒の端から滑り落ちないように箒にまたがる方法を実演して見せ、生徒たちの列の間を回って、箒のにぎり方をなおした。マルフォイのにぎり方はまちがっていると先生に指摘されたので、ハリーとロンは大喜びだった。

「さあ、私が笛を吹いたら、地面を強く蹴ってください。箒はぐらつかないように押さえ、二メートルぐらい浮上して、それから少し前かがみになってすぐに降りてきてください。笛を吹いたらですよ――一、二の――」

ところが、ネビルは、緊張と怖気《おじけ》の合わせ技に、一人だけ地上に置いてきぼりを食いたくないという気持ちが加わって、先生の唇が笛に触れる前に思いきり地面を蹴ってしまった。

「こら、もどってきなさい！」フーチ先生の大声をよそに、ネビルは抜けたシャンパンのコルク栓のようにヒューッと飛んでいった――四メートル――六メートル――ハリーは、ぐんぐん離れていく地面を見下ろすネビルの真っ青な顔を見た。とたんに声にならない悲鳴を上げ、ネビルは箒から真っ逆さまに落ち、そして……。

ガーン――ドサッ、ポキッというういやな音をたてて、ネビルは草の上にうつ伏せに墜落し、草地にこぶができたように突っ伏した。箒だけはさらに高く高く昇り続け、「禁じられた森」の方角へゆらゆら漂いはじめ、やがて見えなくなってしまった。

マダム・フーチは、ネビルと同じくらい真っ青になって、ネビルの上にかがみ込んだ。

「手首が折れてるわ」

ハリーは先生がそうつぶやくのを聞いた。

「さあさあ、ネビル、大丈夫。立って」

先生はほかの生徒のほうに向きなおった。

「この子を医務室に連れていきます。その間、動いてはなりませんよ。箒もそのままにして置いておくように。さもないと、クィディッチの『ク』を言う前にホグワーツから出ていってもらうことになりますからね」

「さあ、行きましょう」

涙でぐしょぐしょの顔をしたネビルは、手首を押さえ、先生に抱きかかえられるようにして、よれよれになって歩いていった。

二人がもう声の届かないところまで行ったとたん、マルフォイは大声で笑い出した。

「あいつの顔を見たか？　あの大まぬけの」

他のスリザリン寮生たちも囃《はや》したてた。

「やめてよ、マルフォイ」パーバティ・パチルがとがめた。

「へー、ロングボトムの肩を持つのか？」

「パーバティったら、まさかあなたが、チビデブの泣き虫小僧に気があるなんて知らなかったわ」

気の強そうなスリザリンの女子、パンジー・パーキンソンが冷やかした。

「見ろよ！」

マルフォイが飛び出して草むらの中からなにかを拾い出した。

「ロングボトムのばあさんが送ってきたバカ玉だ」

マルフォイが高々と差し上げると、〝思い出し玉〟はキラキラと陽に輝いた。

「マルフォイ、こっちへ渡してもらおう」

ハリーの静かな声に、だれもが話を止めて二人に注目した。

マルフォイはニヤリと笑った。

「それじゃ、ロングボトムがあとで取りにこられるところに置いておくよ。そうだな――木の上なんてどうだい？」

「こっちに渡せったら！」

ハリーの口調が強くなった。マルフォイはひらりと箒《ほうき》にまたがり、飛び上がった。上手に飛べると言っていたのは嘘ではなかった――マルフォイは樫の木の梢の高さまで舞い上がり、浮いたまま呼びかけた。

「ここまで取りにこいよ、ポッター」

ハリーは箒をつかんだ。

「だめ！　フーチ先生がおっしゃったでしょう、動いちゃいけないって。私たちみんなが迷惑するのよ」

ハーマイオニーがさけんだ。

ハリーは無視した。ドクンドクンと血が騒ぐのを感じた。箒《ほうき》にまたがり地面を強く蹴って、ハリーは急上昇した。高く高く。風を切り、髪がなびく。マントがはためく。強く激しい喜びが押し寄せてくる。

僕には、教えてもらわなくてもできることがあったんだ——簡単だよ。飛ぶってなんてすばらしいんだ！　もっと高いところに行こう。

ハリーは箒を上向きに持ち上げた。下から女の子たちが息を呑《の》み、キャーキャー言っている声や、ロンが感心して歓声を上げているのが聞こえた。

ハリーはくるりと箒の向きを変え、空中でマルフォイと向き合った。マルフォイは呆然としている。

「こっちへ渡せよ。でないと箒から突き落としてやる」

「へえ、そうかい？」

マルフォイはせせら笑おうとしたが、顔がこわばっていた。

不思議なことに、どうすればよいかハリーにはわかっていた。前かがみになる。そして箒を両手でしっかりとつかむ。すると箒は槍のようにマルフォイめがけて飛び出した。マルフォイは危うくかわした。ハリーは鋭く一回転して、箒をしっかりつかみなおした。下では何人かが拍手をしている。

「クラッブもゴイルもここまでは助けにこないぞ。ピンチだな、マルフォイ」

マルフォイもちょうど同じことを考えていたらしい。

「取れるものなら取るがいい、ほら！」

とさけんで、マルフォイはガラス玉を空中高く放り投げ、稲妻のように地面にもどっていった。

ハリーには高く上がった玉が次に落下しはじめるのが、まるでスローモーションのようによく見えた。ハリーはふたたび前かがみになって箒の柄を下に向けた。次の瞬間、ハリーは一直線に急降下し、見る見るスピードを上げて落下する玉と競走していた。下で見ている人の悲鳴と交じり合って、風が耳元でヒューヒュー鳴った——ハリーは手を伸ばす——地面スレスレのところで玉をつかんだ。間一髪ハリーは箒を引き上げて水平に立てなおし、草の上に滑るように着陸した。「思い出し玉」をしっかりと手のひらににぎりしめたまま。

「ハリー・ポッター……！」

マクゴナガル先生が走ってきた。ハリーの気持ちは、いましがたのダイビングより数倍速いスピードでしぼんでいった。ハリーはぶるぶる震えながら立ち上がった。

「まさか――こんなことはホグワーツで一度も……」

マクゴナガル先生はショックで言葉も出なかった。メガネが激しく光っている。

「……よくもまあ、こんな大それたことを……へたをすれば首の骨を折ったかもしれないのに――」

「先生、ハリーが悪いんじゃないんです……」

「お黙りなさい。ミス・パチル――」

「でも、マルフォイが……」

「くどいですよ、ミスター・ウィーズリー。ポッター、さあ、一緒にいらっしゃい」

マクゴナガル先生は大股に城に向かって歩き出し、ハリーは麻痺《まひ》したようにとぼとぼとついていった。マルフォイ、クラッブ、ゴイルの勝ち誇った顔がちらりと目に入った。僕は退学になるんだ。わかってる。弁解したかったが、どういうわけか声が出ない。

マクゴナガル先生は、ハリーには目もくれず飛ぶように歩いた。ハリーはほとんど駆け足でないとついていけなかった。

――とうとうやってしまった。二週間も持たなかった。きっと十分後には荷物をまとめるハメになっている。僕が玄関に姿を現したら、ダーズリー一家はなんと言うだろう？

正面階段を上がり、大理石の階段を上り、それでもマクゴナガル先生はハリーに一言も口をきかない。先生はドアをぐいっとひねるように開け、廊下を突き進む。ハリーは惨めな姿で早足でついていく……たぶん、ダンブルドアのところに連れていかれるんだろうな。ハリーはハグリッドのことを考えた。彼も退学にはなったけれど、森の番人としてここにいる。もしかしたらハグリッドの助手になれるかもしれない。ロンやほかの生徒たちが魔法使いになっていくのをそばで見ながら、僕はハグリッドの荷物をかついで、校庭を這《は》いずり回っているんだ……想像するだけで胃がよじれる思いだった。

マクゴナガル先生は教室の前で立ち止まり、ドアを開けて中に首を突っ込んだ。

「フリットウィック先生。申し訳ありませんが、ちょっとウッドをお借りできませんか」

ウッド？　ウッドって、木のこと？　僕をたたくための棒のことかな。ハリーはわけがわからなかった。

ウッドは人間だった。フリットウィック先生のクラスから出てきたのはたくましい五年生で、何事だろうという顔をしていた。

「二人とも私《わたくし》についていらっしゃい」

そう言うなりマクゴナガル先生はどんどん廊下を歩き出した。ウッドはめずらしいものでも見るようにハリーを見ている。

「お入りなさい」

マクゴナガル先生は人気のない教室を指し示した。中でピーブズが黒板に下品な言葉を書きなぐっていた。

「出ていきなさい、ピーブズ！」

先生に一喝《いっかつ》されてピーブズの投げたチョークがゴミ箱に当たり、大きな音をたてた。ピーブズは捨てぜりふを吐きながらスイーッと出ていった。マクゴナガル先生はその後ろからドアをピシャリと閉めて、二人に向きなおった。

「ポッター、こちら、オリバー・ウッドです。ウッド、シーカーを見つけましたよ」

キツネにつままれたようだったウッドの表情が、ほころんだ。

「本当ですか？」

「まちがいありません」

先生はきっぱりと言った。

「この子は生まれつきそうなんです。あんなものを私《わたくし》ははじめて見ました。ポッター、はじめてなんでしょう？　箒《ほうき》に乗ったのは」

ハリーは黙ってうなずいた。事態がどこに向かっているのかさっぱりわからなかったが、退学処分だけは免《まぬか》れそうだ。ようやく足にも感覚がもどってきた。マクゴナガル先生がウッドに説明している。

「この子は、いま手に持っている玉を、十六メートルもダイビングしてつかみました。かすり傷ひとつ負わずにです。チャーリー・ウィーズリーだってそんなことはできませんでしたよ」

ウッドは夢が一挙に実現したという顔をした。

「ポッター、クィディッチの試合を見たことあるかい？」ウッドの声が興奮している。

「ウッドはグリフィンドール・チームのキャプテンです」先生が説明してくれた。

「体格もシーカーにぴったりだ」

ウッドはハリーのまわりを歩きながらしげしげと観察している。

「身軽だし……すばしこいし……ふさわしい箒を持たせないといけませんね、先生――ニンバス２０００とか、クリーンスイープの７番なんかがいいですね」

「私《わたくし》からダンブルドア先生に話してみましょう。一年生の規則を曲げられるかどうか。是が非でも去年よりは強いチームにしなければ。あの最終試合でスリザリンにペシャンコにされて、私《わたくし》はそれから何週間もセブルス・スネイプの顔をまともに見られませんでしたよ……」

マクゴナガル先生は、メガネ越しに厳格な目つきになってハリーを見た。

「ポッター、あなたが厳しい練習を積んでいるという報告を聞きたいものです。さもないと処罰について考えなおすかもしれませんよ」

それから突然先生はにっこりした。

「あなたのお父様がどんなにお喜びになったことか。お父様もすばらしい選手でした」

「まさか」

夕食時だった。マクゴナガル先生に連れられてグラウンドを離れてからなにがあったか、ハリーはロンに話して聞かせた。ロンはステーキ・キドニーパイを口に入れようとしたところだったが、そんなことはすっかり忘れてさけんだ。

「シーカーだって？　だけど一年生は絶対だめだと……なら、君は最年少の寮代表選手だよ。ここ何年来かな……」

「……百年ぶりだって。ウッドがそう言ってたよ」

ハリーはパイをかき込むように食べていた。大興奮の午後だったので、ひどくお腹が空いていた。

あまりに驚いて感動して、ロンはただぼうっとハリーを見つめるばかりだった。

「来週から練習が始まるんだ。でもだれにも言うなよ。ウッドは秘密にしておきたいんだって」

そのとき、双子のウィーズリーがホールに入ってきて、ハリーを見つけると足早にやってきた。

「すごいな」ジョージが低い声で言った。「ウッドから聞いたよ。おれたちも選手なんだ――ビーターだ」

「今年のクィディッチ・カップはいただきだぜ」とフレッドが言った。「チャーリーがいなくなってから、一度も取ってないんだよ。だけど今年は抜群のチームになりそうだ。ハリー、君はよっぽどすごいんだね。ウッドときたら小躍《こおど》りしてたぜ」

「じゃあな、おれたち行かなくちゃ。リー・ジョーダンが学校を出る秘密の抜け道を見つけたって言うんだ」

「だけどそれって、おれたちが最初の週に見つけちまったやつだと思うけどね。きっと『おべんちゃらのグレゴリー』の銅像の裏にあるやつさ。じゃ、またな」フレッドとジョージが消えるやいなや、会いたくもない顔が現れた。クラッブとゴイルを従えたマルフォイだ。

「ポッター、最後の食事かい？　マグルのところに帰る汽車にいつ乗るんだい？」

「地上ではやけに元気だね。小さなお友達もいるしね」

ハリーは冷ややかに言った。クラッブもゴイルもどう見たって小さくはないが、上座のテーブルには先生がずらりと座っているので、二人とも握り拳をボキボキ鳴らし、睨《にら》みつけることしかできなかった。

「僕一人でいつだって相手になろうじゃないか。ご所望なら今夜だっていい。魔法使いの決闘だ。杖《つえ》だけだ――相手には触れない。どうしたんだい？　魔法使いの決闘なんて聞いたこともないんじゃないのか？」マルフォイが言った。

「もちろんあるさ。僕が介添人《かいぞえにん》をする。おまえのはだれだい？」ロンが口をはさんだ。

マルフォイはクラッブとゴイルの大きさを比べるように二人を見た。

「クラッブだ。真夜中でいいな？　トロフィー室にしよう。いつも錠《かぎ》が開いてるんでね」

マルフォイがいなくなると、二人は顔を見合わせた。

「魔法使いの決闘ってなんだい？　君が僕の介添人ってどういうこと？」

「介添人っていうのは、君が死んだらかわりに僕が戦うという意味さ」

すっかり冷めてしまった食べかけのパイをようやく口に入れながら、ロンは気軽に言った。ハリーの顔色が変わったのを見て、ロンはあわててつけ加えた。

「死ぬのは、本当の魔法使い同士の本格的な決闘の場合だけだよ。君とマルフォイだったらせいぜい火花をぶつけ合う程度さ。二人とも、まだ相手に本当のダメージを与えるような魔法なんて使えないし。マルフォイは、きっと君が断ると思っていたんだよ」

「もし僕が杖を振ってもなにも起こらなかったら？」

「杖なんか捨てちゃえ。鼻にパンチを食らわせろ」ロンの意見だ。

「ちょっと、失礼」

二人が見上げると、今度はハーマイオニー・グレンジャーだった。

「まったく、ここじゃ落ち着いて食べることもできないんですかね？」とロンが言う。

ハーマイオニーはロンを無視して、ハリーに話しかけた。

「聞くつもりはなかったんだけれど、あなたとマルフォイが言い争っている声が聞こえちゃったの……」

「聞くつもりがあったんじゃないの」ロンがつぶやいた。

「……夜、校内をうろうろするのは絶対だめ。もし捕まったらグリフィンドールが何点減点されるか考えてよ。それに捕まるに決まってるわ。まったく、なんて自分勝手な人なの」

「まったく大きなお世話だよ」ハリーが言い返した。

「バイバイ」ロンがとどめを刺した。

いずれにしても、「終わりよければすべてよし」の一日にはならなかったなと考えながら、ハリーはその夜遅くベッドに横になり、ディーンとシェーマスの寝息を聞いていた――ネビルはまだ医務室から帰ってきていない――。ロンは夕食後につききりでハリーに知恵をつけてくれた。「呪いを防ぐ方法は忘れちゃったから、もし呪いをかけられたら身をかわせ」などなど。フィルチやミセス・ノリスに見つかる恐れも大いにあった。同じ日に二度も校則を破るなんて、危ない運試しだという気がした。しかし、せせら笑うようなマルフォイの顔が暗闇の中に浮かび上がってくる――いまこそマルフォイを一対一でやっつけるまたとないチャンスだ。逃してなるものか。

「十一時半だ。そろそろ行くか」ロンがささやいた。

二人はパジャマの上にガウンを引っかけ、杖《つえ》を手に、寝室を這《は》って横切り、塔の螺《ら》旋《せん》階段を下り、グリフィンドールの談話室に下りてきた。暖炉にはまだわずかに残り火が燃え、肘掛《ひじかけ》椅子が弓なりの黒い影に見えた。出口の肖像画の穴に入ろうとした瞬間、一番近くの椅子から声がした。

「ハリー、まさかあなたがこんなことするとは思わなかったわ」

ランプがポッと現れた。ハーマイオニーだ。ピンクのガウンを着てしかめ面をしている。

「また君か！　ベッドにもどれよ！」ロンがカンカンになって言った。

「本当はあんたのお兄さんに言おうかと思ったのよ。パーシーに。監督生《かんとくせい》だから、絶対にやめさせるわ」ハーマイオニーは容赦なく言った。

ハリーはここまでお節介なのが世の中にいるなんて信じられなかった。

「行くぞ」とロンに声をかけると、ハリーは「太った婦人《レディ》の肖像画」を押し開け、その穴を乗り越えた。

そんなことであきらめるハーマイオニーではない。ロンに続いて肖像画の穴を乗り越え、二人に向かって怒ったアヒルのように、ガアガア言い続けた。

「グリフィンドールがどうなるか気にならないの？　自分のことばっかり気にして。スリザリンが寮杯《りょうはい》を取るなんて私はいやよ。私が変身呪文を知ってたおかげでマクゴナガル先生がくださった点数を、あなたたちがご破算にするんだわ」

「あっちへ行けよ」

「いいわ。ちゃんと忠告しましたからね。あなたたちは本当に……」

とを思い出すといいわ。あなたたちは本当に……」

本当になんなのか、そのあとは聞けずじまいだった。ハーマイオニーが中にもどろうと後ろを向くと、肖像画がなかった。太った婦人《レディ》は夜のお出かけで、ハーマイオニーはグリフィンドール塔から締め出されてしまったのだ。

「さあ、どうしてくれるの？」ハーマイオニーはけたたましい声で問い詰めた。

「知ったことか」とロンが言った。「僕たちはもう行かなきゃ。遅れちゃうよ」

廊下の入口にさえたどり着かないうちに、ハーマイオニーが追いついた。

「一緒に行くわ」

「だめ。くるなよ」

「ここに突っ立ってフィルチに捕まるのを待ってろって言うの？　三人とも見つかったら、私、フィルチに本当のことを言うわ。私はあなたたちを止めようとしたって。あなたたち、私の証人になるのよ」

「君、相当の神経してるぜ……」ロンが大声を出した。

「シッ。二人とも静かに。なんか聞こえるぞ」

ハリーが短く言った。嗅《か》ぎ回っているような音だ。

「ミセス・ノリスか？」

暗がりを透かし見ながら、ロンがヒソヒソ声で言った。

ミセス・ノリスではない。ネビルだった。床に丸まってぐっすりと眠っていたが、三人が忍び寄るとビクッと目を覚ました。

「ああよかった！　見つけてくれて。もう何時間もここにいるんだよ。ベッドに行こうとしたら新しい合言葉を忘れちゃったんだ」

「小さい声で話せよ、ネビル。合言葉は『豚の鼻《ピッグスナウト》』だけど、いまは役に立ちゃしない。太った婦人《レディ》はどっかへ行っちまった」

「腕の具合はどう？」とハリーが聞いた。

「大丈夫。マダム・ポンフリーがあっという間に治してくれたよ」

「よかったね――悪いけど、ネビル、僕たちはこれから行くところがあるんだ。またあとでね」

「そんな、置いていかないで！」ネビルはあわてて立ち上がった。

「ここに一人でいるのはいやだよ。『血みどろ男爵』がもう二度もここを通ったんだよ」

ロンは腕時計に目をやり、それからものすごい顔でネビルとハーマイオニーを睨《にら》んだ。

「もし君たちのせいで、僕たちが捕まるようなことになったら、クィレルが言ってた『悪霊《あくりょう》の呪《のろ》い』を覚えて君たちにかけるまで、僕、絶対に許さない」

ハーマイオニーは口を開きかけた。「悪霊の呪い」の使い方をきっちりロンに教えようとしたのかもしれない。でもハリーはシーッと黙らせ、目配せでみんなに進めと言った。

高窓からの月の光が廊下に縞模様を作っていた。その中を四人はすばやく移動した。曲り角にくるたび、ハリーはフィルチかミセス・ノリスに出くわすような気がしたが、出会わずにすんだのはラッキーだった。大急ぎで四階への階段を上がり、抜き足差し足でトロフィー室に向かった。

マルフォイもクラッブもまだきていなかった。トロフィー棚のガラスがところどころ月の光を受けてキラキラと輝き、カップ、盾、賞杯《しょうはい》、像などが、暗がりの中でときどき瞬《またた》くように金銀にきらめいた。

四人は部屋の両端にあるドアから目を離さないようにしながら、壁を伝って歩いた。マルフォイが飛び込んできて不意打ちを食わすかもしれないと、ハリーは杖を取り出した。数分の時間なのに長く感じられる。

「遅いな、たぶん怖気《おじけ》づいたんだよ」とロンがささやいた。

そのとき、隣の部屋で物音がして、四人は飛び上がった。ハリーが杖を振り上げようとした瞬間、だれかの声が聞こえた――マルフォイではない。

「いい子だ。しっかり嗅《か》ぐんだぞ。隅のほうに潜んでいるかもしれないからな」

フィルチがミセス・ノリスに話しかけている。心臓が凍る思いで、ハリーはめちゃめちゃに三人を手招きし、急いで自分についてくるよう合図した。四人は音を立てずに、フィルチの声とは反対側のドアへと急いだ。ネビルの服が曲り角からひょいと消えたとたん、間一髪、フィルチがトロフィー室に入ってくるのが聞こえた。

「どこかこのへんにいるぞ。隠れているにちがいない」フィルチのブツブツ言う声がする。

「こっちだよ！」

ハリーが他の三人に耳打ちした。鎧《よろい》がたくさん飾ってある長い回廊を、四人は石のようにこわばって這《は》い進んだ。フィルチがどんどん近づいてくるのがわかる。ネビルが恐怖のあまり突然悲鳴を上げ、やみくもに走り出した——つまずいてロンの腰に抱きつき、二人揃ってまともに鎧にぶつかって倒れ込んだ。

ガラガラガッシャーン。城中の人を起こしてしまいそうな、すさまじい音だった。

「逃げろ！」

ハリーが声を張り上げ、四人は回廊を疾走した。フィルチが追いかけてくるかどうか振り向いて確かめる余裕もなく——全速力でドアを通り、次から次へと廊下を駆け抜け、いまどこなのか、どこへ向かっているか、先頭を走っているハリーにも全然わからない——タペストリーの裂け目から隠れた抜け道を見つけ、矢のようにそこを抜け、出てきたところが「妖精《ようせい》の呪文《じゅもん》」の教室の近くだった。そこは、トロフィー室からはだいぶ離れている。

「フィルチをまいたと思うよ」

冷たい壁に寄りかかり、額《ひたい》の汗を拭いながらハリーは息をはずませていた。ネビルは体を二つ折りにしてゼイゼイ咳き込んでいる。

「だから──そう──言ったじゃない」

ハーマイオニーは胸を押さえて、喘《あえ》ぎ喘ぎ言った。

「グリフィンドール塔にもどらなくちゃ、できるだけ早く」とロン。

「マルフォイにはめられたのよ。ハリー、あなたもわかってるんでしょう？　はじめからくる気なんかなかったんだわ──マルフォイが告げ口したのよね。だからフィルチはだれかがトロフィー室にくるって知ってたのよ」

ハリーもたぶんそうだと思ったが、ハーマイオニーの前ではそうだと言いたくなかった。

「行こう」

そうは問屋がおろさなかった。ほんの十歩と進まないうちに、ドアの取っ手がガチャガチャ鳴り、教室からなにかが飛び出してきた。

ピーブズだ。四人を見ると歓声を上げた。

「黙れ、ピーブズ……お願いだから──じゃないと僕たち退学になっちゃう」

ピーブズはケラケラ笑っている。

「真夜中にふらふらしてるのかい？　一年生ちゃん。チッチッチッ、悪い子、悪い子、捕まるぞ」

「黙ってくれたら捕まらずにすむよ。お願いだ。ピーブズ」

「フィルチに言おう。言わなくちゃ。君たちのためになることだものね」

ピーブズは聖人君子《せいじんくんし》のような声を出したが、目は意地悪く光っていた。

「どいてくれよ」

ロンがどなってピーブズを払いのけようとした――これが大まちがいだった。

「生徒がベッドから抜け出した！――「妖精《ようせい》の呪文《じゅもん》」教室の廊下にいるぞ！」

ピーブズは大声でさけんだ。

ピーブズの下をすり抜け、四人は命からがら逃げ出した。廊下の突き当たりで扉にぶち当たった――鍵が掛かっている。

「もうだめだ！」とロンがうめいた。みんなでドアを押したがどうにもならない。

「おしまいだ！　一巻の終わりだ！」

足音が聞こえた。ピーブズの声を聞きつけ、フィルチが全速力で走ってくる。

「ちょっとどいて」

ハーマイオニーは押し殺したような声でそう言うと、ハリーの杖《つえ》をひったくり、錠を杖で軽くたたき、つぶやいた。

「アロホモラ！」

カチッと錠が開き、扉がパッと開いた――四人は折り重なってなだれ込み、急いで扉を閉めた。四人とも扉に耳をピッタリつけて、耳を澄ました。

「どっちに行った？　早く言え、ピーブズ」フィルチの声だ。

「『お願いします』と言いな」

「ゴチャゴチャ言うな。さあ連中はどっちに行った？」

「お願いしますと言わないなーら、なーんにも言わないよ」

ピーブズはいつもの変な抑揚《よくよう》のある癇《かん》に障《さ》わる声で言った。

「しかたがない――お願いします」

「なーんにも！　ははは。言っただろう。『お願いします』と言わなけりゃ『なーんにも』言わないって。はっはのはーだ！」

ピーブズがヒューッと消える音と、フィルチが怒り狂って悪態をつく声が聞こえた。

「フィルチはこの扉に鍵が掛かってると思ってる。もうオッケーだ――ネビル、放してくれよ！」

ハリーがヒソヒソ声で言った。ネビルはさっきからハリーのガウンの袖を引っ張っていたのだ。

「え？　なに？」

ハリーは振り返った――そしてはっきりと見た。「なに」を。しばらくの間、ハリーは自分が悪夢にうなされているにちがいないと思った――あんまりだ。今日はもう、いやというほどいろいろあったのに。

そこはハリーが思っていたような部屋ではなく、廊下だった。しかも四階の『禁じられた廊下』だ。いまこそ、なぜ立ち入り禁止なのか納得した。

四人が真正面に見たのは、怪獣のような犬の目だった――床から天井までの空間全部がその犬で埋まっている。頭が三つ。血走った三組の鋭い目。三つの鼻がそれぞれの方向にヒクヒク、ピクピクしている。三つの口から黄色い牙《きば》をむき出し、その間からダラリと、ヌメヌメした縄のようなよだれが垂れ下がっていた。

怪物犬はじっと立ったまま、その六つの目全部でハリーたちをじっと見ている。まだ四人の命があったのは、ハリーたちが急に現れたので怪物犬が不意を突かれて戸惑ったからだ。もうその戸惑いも消えたらしい。雷のようなうなり声がまちがいなくそう言っている。

ハリーは扉の取っ手をまさぐった――フィルチか死か――フィルチのほうがましだ。

四人は入ったときとは反対方向に倒れ込んだ。ハリーが扉を後ろ手にバタンと閉めると、みんな飛ぶようにいまきた廊下を走った。フィルチの姿はない。急いで別の場所を探しにいっているらしい。そんなことはもうどうでもよかった――とにかくあの怪物犬から少しでも遠く離れたい一心だ。駆けに駆け続けて、やっと八階の太った婦人《レディ》の肖像画までたどり着いた。

「まあいったいどこに行ってたの？」

ガウンは肩からずり落ちそうだし、顔は紅潮して汗だくになった四人の様子を見て、婦人《レディ》は驚いた。

「なんでもないよ――豚の鼻《ピッグスナウト》、豚の鼻」

息も絶え絶えにハリーがそう言うと、肖像画がパッと前に開いた。四人はやっとの思いで談話室に入り、わなわな震えながら肘掛《ひじかけ》椅子にへたり込んだ。口がきけるようになるまで、しばらくかかった。ネビルときたら、二度と口がきけないのではないかとさえ思えた。

「あんな怪物を学校の中に閉じ込めておくなんて、教師連中はいったいなにを考えているんだろう」

やっとロンが口を開いた。

「世の中に運動不足の犬がいるとしたら、まさにあの犬だね」

ハーマイオニーは息も不機嫌さも同時にもどってきた。

「あなたたち、どこに目をつけてるの？」

ハーマイオニーがつっかかるように言った。

「あの犬がなんの上に立っていたか、見なかったの？」

「床の上じゃないの？」ハリーが一応意見を述べた。「足なんか見てなかったさ。頭を三つ見るだけで精一杯だったよ」

ハーマイオニーは立ち上がってみんなを睨《にら》みつけた。

「ちがう。床じゃない。仕掛け扉の上に立ってたのよ。なにかを守っているにちがいないわ」

「あなたたち、さぞかしご満足でしょうよ。もしかしたらみんな殺されてたかもしれないのに――もっと悪いことに、退学になったかもしれないのよ。では、みなさん、おさしつかえなければ、やすませていただくわ」

ロンはポカンと口を開けてハーマイオニーを見送った。

「おさしつかえなんかあるわけないよな。あれじゃ、まるで僕たちがあいつを引っ張り込んだみたいに聞こえるじゃないか、なあ？」

ハーマイオニーの言ったことがハリーには別の意味で引っかかった。ベッドに入ってからもそれを考えていた。犬がなにかを守っている……ハグリッドはなんて言ったっけ？

「グリンゴッツは、なにかを隠すには世界で一番安全な場所だ――たぶんホグワーツ以外ではな……」

七一三番金庫から持ってきたあの汚い小さな包みがいまどこにあるのか、ハリーにはそれがわかったような気がした。

本書は単行本一九九九年十二月（静山社刊）、携帯版二〇〇三年十一月（静山社刊）を二分冊にした「1」です。

装画　おとないちあき
装丁　坂川事務所

ハリー・ポッター文庫1
ハリー・ポッターと賢者の石〈新装版〉1-1

2022年3月15日　第1刷発行
2024年3月15日　第3刷発行

作者　J.K.ローリング

訳者　松岡佑子

発行者　松岡佑子

発行所　株式会社静山社
〒102-0073　東京都千代田区九段北1-15-15
電話 03-5210-7221
https://www.sayzansha.com

印刷・製本　中央精版印刷株式会社

ISBN978-4-86389-680-2 Printed in Japan
Published by Say-zan-sha Publications Ltd.